菩提花開

一位女作家的禅修心语

王雪娃◎著

九州出版社
JIUZHOUPRESS

图书在版编目（CIP）数据

菩提花开：一位女作家的禅修心语/王雪娃著．—北京：九州出版社，2012.3

ISBN 978-7-5108-1436-5

Ⅰ.①菩…　Ⅱ.①王…　Ⅲ.①散文集-中国-当代
Ⅳ.①I267

中国版本图书馆CIP数据核字（2012）第055713号

菩提花开：一位女作家的禅修心语

作　　者	王雪娃　著
出版发行	九州出版社
出 版 人	徐尚定
地　　址	北京市西城区阜外大街甲35号（100037）
发行电话	(010)68992190/2/3/5/6
网　　址	www.jiuzhoupress.com
电子信箱	jiuzhou@jiuzhoupress.com
印　　刷	北京毅峰迅捷印刷有限公司
开　　本	880毫米×1230毫米　　32开
印　　张	6.5
字　　数	174千字
版　　次	2012年4月第1版
印　　次	2012年4月第1次印刷
书　　号	ISBN 978-7-5108-1436-5
定　　价	32.00元

目　录

花开的微音

（自序）

听到菩提花开的声音了吗？听到莲花花蕊里，清幽的晨露滴入荷盘的微音了吗？

我听到了！

我听到了菩提花开的微音；听到花露在荷盘里滚动的清音；听到了百合花在山谷静静绽放的轻韵；听到了月亮在空中吟唱、星星在夜里私语；听到了檀木净香燃烬后的歌唱；听到了丛林里小草的吟哦。

这是一种多么美妙的天籁之声啊！

如此美妙的音韵，只有在空明静寂中才能听到；只有在心灵无比纯净的时刻才能聆听到这种来自大自然，最美妙、最悦耳的花开的微音！

佛说：用清净之心看世界，世界即清净。

当一个人的心真能沉淀下来、安静下来、纯净起来的时候，便会觉得天空格外蔚蓝、阳光格外明媚；便会感悟到拥有生命的美丽与快乐；便会觉悟出明天、未来的光明灿烂；便会拥有一颗唯美、善良、健康的心灵！

当一个人能摒弃外物的诱惑，回归本我的空明静寂、感悟出人世间美与善的存在时，快乐与幸福的感觉便会悄然而至，萦绕心间！

我的上师宗显法师说：人的命运并非梵天安排，而在于人自身的善德修为。

我们常常说性格决定人命运，这与佛教所倡导的善德修为决定命运，有着某种意义上的类同。

人格的形成会受到多方面外来因素的影响，而一种健康的人格魅力，与一个人后天的学养与修持息息相关。

佛教其实是一种哲学思想，佛法就是引导人们以哲学的角度与思想去看待问题、去面对人生，并非人们想象中的消极与逃避。我之修佛，不为生死轮回来生极乐，而是因为对佛教学说中生命终极价值观、宇宙观、道德观的认同，为追求一种心灵的完美与人格的圆满！

佛祖释迦牟尼，曾历尽艰辛在菩提树下明心见性而悟道：“奇哉奇哉，一切众生，皆具如来智慧德相，但因妄想执著，不能证得。若离妄想，一切智、自然智，即得现前。”

佛祖证悟，众生皆具如来智慧德相，它灵明洞彻、湛寂常恒，在圣不增、在凡不减、与佛无二。但由于被妄想与执著掩蔽了本体，使具足之德性蒙尘而不能显现，就好比一面镜子，蒙上了尘垢，遮挡了镜体固有的झ光明。但是，蒙尘之镜原具的光明并没有损减，一旦揩去尘埃，依然清澈澄明。

记得宗显法师曾说过：“人要先学会安静，再努力做到干净。民心净，则国土安！”

那么，修佛就是一个擦拭心灵尘埃、去染还净的过程。我们不能要求每一个人都信佛、修佛，但我们却不妨了解一下佛教的哲学思想，佛教中的人生道德观与宇宙价值观，吸取佛教哲学中的精华，观照自身而升华人格的魅力。

人的一生，有如鲜花、草木，花开花落、草荣草枯，亦如人生荣衰。人，从降临人世时的第一声啼哭，到生命终极时亲人的悲泣，无论富贵贫贱，面对生命终极而众生平等！

当一个人真正透悟了宇宙无常、人生无恒的真谛时，还有什么不能看开、还有什么不能放下？还有什么能令其痛苦、恐惧呢？

试想，如果人人都能学点佛法，以“净心第一，利他至上”为人生目标，世界和平、和谐社会的理想还会远吗？

“人之所以痛苦，是因为人刻意追求痛苦的东西。”宗显法师洞察了人性的弱点，希望佛教融圆之菩提能给人以启迪，能给人以智慧之光。

人的痛苦多半源于人的心灵！

人们常常在没名气时追求名气，在没有权势时追求权势，在缺少金钱时追求金钱。而在拥有一切之后，又惧怕失去，并且希望名更高、权更大、钱更多！因此种种痛苦不期而至，如影随形缠绕着人的一生。

于是，欲望愈大、心愈浮躁！

人的痛苦源于人的欲望太多、太高，而过高的欲望则会滋生贪婪！

当人的欲望永无止境时，便会为满足永无止境的欲望而偏离道德、偏离人类行为规范和社会法律，化作有害于他人或社会的种种行为，给他人造成伤害、给社会带来为害和不安，而最终也会给自己带来灾难。

如果，人心亦如佛心，纯洁干净，痛苦即会远离，心灵便会充盈着幸福与喜悦！

干净的心灵亦如美丽的百合花圃，鲜花会自然而然绽放，馨香会从花蕊中弥漫开来，纯净、美丽、芬芳！

人于天地万物之间，无论是达官贵人还是平民百姓，都只是无量恒沙河中的一粒沙子，只是宇宙中一点微小的火光，在无垠的宇宙中刹那间闪烁和熄灭，人之渺小弱不可击。佛的伟大，在于以非凡的智慧，点破世俗的屏障，以智慧的机锋给世人以启示，为世人指明人生的方向。

我们修佛，就是要从修佛的过程中找到自己正确的人生方向！

正如宗显法师所说：我们学佛，就是要把出世的佛学应用于入世的人生，修出世之道、养处世之德！

《菩提花开》不是关于佛学的说教，不是关于佛法教条的传播，而是一个女子把佛学禅意与唯美浪漫的文学意境融汇统一，关于人生方向的探索、关于功名利禄、关于生老病死、关于情爱美貌心境、关于禅修的心语；更是一个普通子民对人类真善美与社会和谐的向往与祈盼。

一个人，如果能拥有清澈澄明的心境，就一定能看到世界的美好、能看到未来的光明、能让今世的人生更加圆满，能听到只有用净心体味的菩提花开的美妙天音！

花香引我进古寺

人心是菩提，人身亦菩提，觉悟修持皆为菩提！

——宗显法师

在丛林深处建一幢茅草小屋，在丛林里种植百合与玫瑰花，在有百合与玫瑰飘香的净地聆听小鸟歌吟、溪水奏鸣，在丛林深处寻觅晶莹剔透的冬雪、拾捡秋天的红叶、沐浴夏夜的月光、感悟春之禅意……

这，是我曾经的梦幻，一个摒弃一切世俗绝对唯美浪漫的梦想！

日正中天时，我独自行走在南岳的丛林小路上。

我来南岳不为朝圣，只为南岳丛林美景的牵引，只是因为对远古禹王碑文的好奇，慕名而来观赏南岳镇山之宝禹王石碑。

在禹王碑前，我没有看懂碑文上的古篆文字，但这座巍巍石碑对我却有一种强大的磁场与引力，让我从日正中天而独自守望到夕阳西下。

远古之神秘传说，和着丛林深处夏日黄昏的柔风，轻拂着我的心灵，一种无以言说的静寂萦绕我心！

虽然心怀欢喜，但一路跋涉还是有些疲惫的感觉。

于是，我依靠着禹王石碑，闭上双眼暂且小栖而一任山风轻拂。

仿佛依稀，我似进入了一个梦境，梦中却见菩提花绽放的奇观：

一株高大无比的菩提树出现在眼前，菩提树枝繁叶茂、树上挂满了花蕾！

一阵山雾袭来，我的眼前如一片云海，我，则置身在云海之中！一朵朵美丽而神圣的菩提花，有如电影蒙太奇之近镜，穿透云雾一簇一簇地绽放着，闪动着金灿灿的光芒。

而神奇绽放的菩提树下，一位白衣飘飘的僧伽手执箫管在吹箫，神情庄严而清雅。

在这若云若雾的菩提花开中，洞箫声声唯美、神秘，犹似远古飘来！

我问高僧："菩提为何开花？"

高僧无语。

菩提花却还在竞相绽放。

倏地，一阵浓烈的山岚袭来，菩提花与吹箫人隐没在云雾之中，箫声却在雾中弥漫……

我醒了，夕阳也已下山。

我抬头观天色，却见一轮明月徐徐地升起在夜空。

而在梦中飘忽不定的洞箫声，却还在丛林里萦绕。

那幽幽的洞箫声，静若明月、清若山泉，渲染着丛林深处的清幽与寂静，让我如置身净土禅境，心中洋溢着自在与欢喜！

圆圆的山月透过叶隙洒照着这曲折的青石小路、更照着我。

我顺着路边清亮亮的小溪，朝丛林山谷走去。

原本胆小的我，因一路上有箫声、明月相伴，没有胆怯与恐惧，却像是漫步于禅境，双脚像是踏着青云，我则像餐霞饮露的仙灵，心里充满欢喜而行步如飞。

箫声愈来愈近，不知不觉，我发现不远处有一座房子，房子前面有一个盛开着莲花的荷池。

一股清风吹来，我闻到了从荷蕊里飘出的馨气，淡淡的幽幽的，却沁人心脾！

月光下、荷池旁，一袭白衣的僧侣在吹箫。

远远地望去，这吹箫的僧人亦如梦中的吹箫人！

箫声纯净、悠远、敦厚，恍若隔世，近而遥远！

箫声和着月辉，在丛林里弥漫！

我双手合十，感恩这美妙的音韵，感恩菩提花香的引领，让我来此美妙的净土圣地！

远远的，我深深地为之鞠躬！

僧人没有感知我的来访，一任“寒山僧踪”之古韵，和着荷花的清香在月光下弥漫……

月光下，我清晰地看见，这座有荷香、箫韵缭绕的青灰色房子的门楣上刻着四个字体静雅的文字“广济禅寺”。

这是一座寺庙吗?!

我到了一座寺庙吗?

走进了广济禅寺，我走进了一座有百合花香与檀木净香飘逸的佛堂。

在佛像前，我虔诚地跪拜！

当我的目光触到安坐在佛殿中央的佛像时，我为之震惊："这头嵌金冠，完美高贵、金光闪烁的菩萨，好像在动、好像有真人的气息！"

"这是地藏王菩萨！"一个女子的声音在我的身后回响。

我回头，却见一个满脸慈善却很美丽的女子。女子穿一袭黑色长袍，她告诉我她叫广持是广济禅寺的居士，她在这里闭关修禅和练习书法。

广持说："天晚了，下山的缆车也该停了，你在庙里住下天亮再下山吧！"

我心存感恩地看着这位言语气质不俗的女子："萍水相逢，真是太麻烦你了。"

广持却说："偶然相遇亦是因缘！也许，我们是有缘人。"

丛林的月夜很静谧，广持为我安顿好住宿，便领我在荷池前、溪流旁的石凳上小坐。

广持没有问我为何会夜入寺庙，而是认认真真地告诉我，这里的方丈是一位"安忍不动犹如大地，静虑深密犹如秘藏"的大德高僧！

"安忍不动犹如大地，静虑深密犹如秘藏"的僧人，是何种境界啊！

月光下的广持，宁静而美丽，她说话声音轻而缓慢，言语中没有夸张，但她的每一句话都怀着对这位我还不曾见过的方丈的深深敬意！

而僧尼于我却是那么遥远，我不了解，似乎也没想过要去探究僧尼的神秘、高深。

我告诉广持，我来南岳只是因为喜欢丛林的美妙与纯净，喜欢丛林里透射于叶隙的阳光，喜欢丛林里茵绿、茵绿的树叶，喜欢绽放在绿草丛中的各色小花，喜欢丛林里涓涓流淌的山泉，喜欢今夜这柔辉动情的山月……

广持笑了，她的笑容有如月辉，宁静而温馨。

她说："其实，你对丛林的清静自然的美好憧憬，就是你人生的禅意！你来了广济禅寺，这说明你与此地有缘、与佛有缘！"

与佛有缘？

我真的是与佛有缘吗?!

我看看广持，再放眼四周。月光如水，溪流潺潺，偶尔还能听到小鸟在归巢中轻轻吟唱。

夜风轻拂着丛林，给这美妙的夏夜更添了一份清爽，给置身丛林的我更添了一种无可言说的惬意！

我深深地呼吸着，我闻到了从广济禅寺庙里弥漫而来的幽幽檀香，我闻到了丛林里野百合的馨气。

这是一个多么美妙的境地啊！

然而，这山里的夜露很重，我和广持闲聊了一阵后，相互道了晚安便回到寺庙客房。

广持说："今晚你好好休息，明天我领你去拜见方丈宗显法师！"

我点头。

广持见我反映不够热烈，又补充一句："你来了广济禅寺，如果不拜见方丈宗显法师，一定会是一种遗憾！"

丛林深处访高僧

人要先学会安静，再努力做到干净。民心净则国土安！

——宗显法师

我走进了广济寺的佛学讲堂，一位形神与地藏王菩萨神似的僧人，双手合十静坐在讲坛的木椅子上。

广持居士告诉我；“这就是方丈宗显法师！”

宗显法师！

这不是昨晚月下吹箫的僧人吗？

这不是梦中菩提花下吹箫的僧侣吗?！

“人心是智慧的发光体，众生便是佛，只是心被染，染净是真佛！”宗显方丈的声音在讲堂回响，他的话语平和、从容，言语中闪烁着智慧的光芒！

广持居士告诉我，她的先生在北京大学书法研究所工作，是方丈的朋友。

她给我讲述了许多关于宗显法师的事迹：他十六岁出家。他以6年的时间，托钵化缘重修广济寺禅。他创建了“禅意人生”大学生修炼营。他开辟了佛学讲坛，他收养无家可归的老人和小孩，他捐资助学……

但我从他的演讲中，读出的却是他执著的佛学理念和他所追求的心灵、行为之禅境：“净心第一 ，利他至上！”

依照宗显方丈的佛学理念，心灵的去染还净，是习佛最基本的过程，无我利他，则是修炼的一种境界！

宗显方丈在讲坛上说：“人心本光明”，“佛心”是人的生命的原始心灵，每个人都有成佛的光明本性。

也许，宗显方丈所言的佛心，就是《佛心经》所言的“如来种子”了。

我在坐垫上盘腿而坐，抬头仰视正在讲授佛学、传播佛法的僧人。

他还是一袭象牙色的麻料僧衣，纯净、飘逸，却透着一种不凡的气势！

对于僧人我没有了解，对于与自己完全不同世界的人，似乎没有想过要去了解。然而，讲坛上这位名为宗显的僧人，却似乎具有一种很特别的气场，在我的眼里，他是一位僧人，但却更像一位饱读诗书的学者。他的话言平静、他的神态祥和，这种超然于世俗之外的神情，令见过的人为之敬仰！

“万物寂寥、宇宙澄清、人世无常，外界的一切事物，只不过是人的主观幻相。主体行为的价值，在于觉悟宇宙和人生的真谛。修佛人首先必须摒弃一切俗念，止恶修善，以慈悲喜舍之心修持六度，坚定对佛教教义的信仰，断除我执，灭除一切妄见，以无我之心待人接物，以获得无上妙智圆慧，超越三界，还度有情。”宗显方丈说：“佛教是通过修持的手段断除烦恼，觉悟成佛的宗教理论。佛，是一个理智、情感和能力都同时达到最圆满境地的人格。”

在物欲横流的世界，人类灵心光明本质遭遇了贪欲、愚昧、怨恨、偏见、狭隘等习气的污染，战争、凶杀、欺诈、食品安全问题等充斥着人类，给人类生命制造着恐怖与胁迫，人类与生俱来之“佛心”被世俗与尘埃污浊成百孔千疮。也因此，宗显方丈所倡导的“净心”与“利他”思想，弥足珍贵！

如果世人都能真正达到宗显方丈所倡导的“净心”和“利他”之境界，相信世界和平就不再只是一个虚空的追求与梦想。

宗显方丈的演讲，让我对佛学有了初步的认知。

佛教的博大精深、佛教思想的纯净、高深，佛教的智慧，让我的心不得不认同佛教是一种学科、是一种闪烁着智慧之光的哲学！

佛教的魅力之光，渐渐地透射向我心灵的天空。

我惊叹，一个年仅十六岁的翩翩少年，义无反顾放下尘世一切拥有，皈依佛门受戒为僧，这是何等的一位智者?！我震撼，一位二十九岁站在丛林山谷默默发愿重建广济惮寺的年轻僧侣，真的能在一片断壁残墙处筑建起一座辉煌的庙宇，筑建起一座惊世骇俗的人类心灵的家园！在惊叹与震撼之余，我想象着这么一位完美无缺、弥漫着高贵气质的年轻僧侣，历经的六年风霜雪雨、世俗冷眼而托钵化缘的种种艰辛！

我试想，他的心会如世俗之心一样感觉累吗？！

我仰视着讲坛上这位布道弘法的高僧，观察着。

但是，从他那超然于世的神情中，我似乎看不出一点点尘灰、一点点苦难。

他完美如寺庙里悄然绽放的百合；他凝重如高高矗立的南岳山脉之峰；他柔韧如清澈透明涓涓流淌的山泉……

有道说相由心生，有如此气质的僧侣，可见他佛性的坚定，可见他精神的强大无人能比！

然而，这种内心的坚韧与强大，源于佛教的智慧与包容！

从出身优越的宗显方丈，我联想起悉达多王子修练成佛的过程。

透过悉达多王子释迦牟尼的生平，我们可以看出，他虽被尊为世尊、圣人，且千百年来受到人们的崇奉敬仰，但他在获得觉悟之前，也曾有过疑惑、痛苦，而他却以超出常人之毅力，以己之苦推及众生之苦，从而生起解脱之无上悲愿！他舍弃了常人所羡慕的财富、王位、妻儿，毅然出家修道。历经六年艰苦备尝，终于断除各种无明烦恼，觉悟到宇宙人生的实相、获得根本的解脱，成为今日人类顶礼膜拜的佛祖！

而讲坛上的宗显方丈，为重建古寺六年托钵化缘，与佛祖的六年苦修是否有某种无言之契机呢？！

一座古朴的寺庙在宗显法师的精心营造下拔地而起，矗立在南岳山脉的丛林深处！

广持告诉我，方丈为重修古寺发愿闭关十年，十年他将自己的脚步封存在丛林，不走出南天门半步。

十年闭关修行！

为何要闭关修行?！

我等凡人不解不知，但我从他“安忍不动犹如大地，静虑深密犹如秘藏”的仪态中，读懂了他超越尘世的信仰与永恒的坚守！

他闭关研究佛学，他把高深的经文译成通俗易懂的白话诗文，供众僧与信众唱吟；他练习书法，他的书法高华静雅充满禅意；他在寺庙的佛学讲坛传播佛教，传授“净心”和“利他”的哲学思想，他说：别忘天下还有受苦人！

讲坛上宗显方丈仪态庄严、语气平和，他说“人要先学会安静，再努力做到干净。民心净则国土安！”

他的书法高华静雅！

多么睿智的开示啊！

我不妨大胆试想，如果人类社会的每一个体都能去染还净，如果都能如宗显方丈所言做到“净心第一，利他至上！”，让人类重拾原始之“佛心”，人类所向往的和谐境界还会远吗?！

丛林深处的广济禅寺，散发着百合花与檀香木的幽香，这是宗显方丈为佛祖释迦牟尼、为诸菩萨特别供奉的鲜花与净香。这种幽幽的馨气和着从宗显方丈的禅房里飘出的书墨清香，和着“寒山僧踪”的幽幽箫韵，和着丛林山谷特有的清香，弥漫于山谷、弥漫于丛林苍穹……

寒山僧踪箫幽幽

清净的禅意，来自清净自在的心灵！

——宗显法师

京郊的夏夜很静谧，夜阑人静，有细雨敲窗。关一房寂寞，闭上眼睛，聆听《寒山僧踪》。

这幽幽洞箫，让我记忆起清风鸣蝉，夏月如水的深山丛林。

佛说，一切皆缘，来是空，去亦是空。

在来去无序的尘世里，和着这凄清、幽婉的箫声，我用心感悟……

“寒山鸣钟，声声苦乐皆随风，君莫要逐云追梦，拾得落红，叶叶来去都从容，君何须寻觅僧踪”。

喜欢《寒山僧踪》是在很小的时候。我那曾做过军人、饱经了人间凄楚的外祖父，最喜欢在月光如水的静夜吹箫，那箫声清幽而又凄凉。我搬一只小小木凳坐在外祖父的跟前，静静地听，直听到泪光闪闪。

那时候，我并不懂《寒山僧踪》之意，只觉得有一点点凄清、有一点点悲凉。

再次听人吹箫时，却是在那遥远的深山丛林。

丛林深处、月光下，远远的寺院荷池旁，一位手执箫管、白衣飘飘的僧人在吹箫。在我的视线里，那仙气弥漫的身影在山岚中若隐若现，箫声却穿越叶隙笼罩着我、绕缭着我，神秘、缥缈、幽婉，恍若隔世……

那遥远的、恍如隔世的音韵、那丛林深处的百合花与檀木净香的芳香，惹起我浅浅的毫无缘由的对丛林的挂念。这挂念，如窗外轻轻的风、细细的雨丝，在夜里无序地飘洒，栖息在心灵深处，惹起心一丝丝牵痛、一丝丝欢喜。

也许，这就是佛缘！

凄清的箫音，伴着夏夜的雨声在耳边呜咽。我隐藏的心弦发出共鸣，温柔、敦厚、悲凉、凄清。

箫声和着窗外滴滴雨声，幻化成世外天韵，撩动我心。

仿佛间，《寒山僧踪》中那深山寻觅访禅问道的不是远古之传说，而是今世今生的我！我仿佛行走在那座千年古桥之上，行走在丛林之中！

虽然没有见到传说中的世外高人，却被那山间的树草、流唱的清泉所感动！

“清净的禅意，来自清净自在的心灵！”

空灵之中，仿若有个声音在回响，这声音究竟是来自天外，还是发自我之心灵？我分便不清！

小小竹管、袅袅清音，由音绕竹、由竹射月，由月照影、由影随心。

《寒山僧踪》在雨夜里缥缈不定，我闭上眼睛，浸润在这有几许神秘、有几份凄婉的旋律之中！

在这浮华的尘世聆听这天籁之音，不觉泪湿双眸，情融其中。

我沉醉于那一尘不染的美好境界，如浸润细雨蒙蒙的花蕾，挂着晶莹的露珠，如诗如梦，如山如月，如隔世之烟云。

在这个静静的夜里，箫声千回百转飘荡在夜空之中，化成几缕逐月的云彩、几许拂面的微风……

在这样的夜晚，曾误入南岳广济寺禅的美妙情景，如轻风、如夜雾萦绕着我、包围着我。丛林、古寺、山月、荷池、箫韵、佛堂，如同视频画面清晰唯美，令我牵挂、怀念！

也许，这便是佛语所言之因缘吧?！

也许，这就是丛林邂逅的广持居士所言的佛缘吧！

也许，我真是与佛有缘了！

我清晰地记得我误入丛林的那个夜晚，那是一个明月朗照的夏夜！

我在想，丛林的秋日、冬夜又是怎样的一番景象呢?！

深秋的丛林，落叶缤纷、红果挂满枝头，石径小路上铺满了五颜六色的叶子，溪流更加清澈、山月更加明媚；静静的冬夜，白雪纷飞，有如玉色蝴蝶弥漫于丛林，古寺里一堆燃烧的篝火旁有僧人在吹箫，火焰跳跃着映照着皑皑白雪、映照着吹箫人，一曲远离世俗之古韵驱散彻骨之寒冷，那是何等的浪漫、唯美！

此时此刻，我双手合十默默祈祷，祈望有幸重返丛林，在袅袅檀香烟云中领悟高僧教诲"心随境转是凡夫，心能转境是圣贤"，浅酌低吟般若波罗密多心经，在丛林美景中皈依，皈依三宝佛、法、僧！

神圣庄严话皈依

修佛，其实就是一种心灵修炼，是提升心理能量的一种途径。与佛、法、僧三宝结缘，是一种快乐自在的生活方式。

——宗显法师

在众人的印象中，皈依佛门的人一般都历经磨难、经历坎坷。而我却认为，皈依佛门的人并非全是曾经苦难的经历者。

我之修佛，只是一种偶然，只是因为佛学教义以及佛教场所的纯净、唯美对我具有无限的引力。更是我本源的思想与人生价值观与佛学理念有某种吻合，才决定皈依成为一名在家修行的佛门弟子。

也许，更是因为冥冥之中无法说清的佛缘！

皈依的过程是唯美、浪漫而神圣的！

在一个晨曦洒照的夏日清晨，在群山环抱佛光普照的山谷丛林南岳广济禅寺，在金碧辉煌的佛殿，方丈宗显身着袈裟引领众佛子，在佛前敬香、跪拜、诵经，神情虔诚而神圣。

"香花迎、香花请……"

在袅袅香烟中，宗显方丈主持皈依仪式的唱吟，如诗、如颂、如歌！

佛台前，香炉里的檀香木静静地燃烧着，缕缕沁人心脾的幽香和着甘露瓶里绽放着的百合花的馨气，在众佛子的朗朗经文的诵吟中，在神圣而富丽堂皇的佛堂飘荡、弥漫……

我虔诚地跪拜顶礼，我跟随宗显方丈诵读经文，我大声说着自己的法名广和妙音，皈依佛、皈依法、皈依僧！

神圣、庄严、唯美！

我喜欢唯美的一切事物！

而此时此刻，我真正读懂了唯美的含意！

从此，我有了一个新的名字——广和妙音居士！

广和妙音居士，这个名字是佛的赐予！

我喜欢并珍视这个名字！

在丛林山谷、在有百合花与檀香弥漫的佛殿，我心怀虔诚与善德发愿：我将以我的文字弘扬佛法、顶礼佛祖！我将摒弃一切杂念，虔诚向佛！

仪式神圣、庄严，而绝对唯美、浪漫！

然而，在这之前，我也与所有对佛教认识不够深刻的人一样，觉得佛教场所及佛教仪式、礼仪太过神秘，甚至觉得诡秘。觉得佛教人士更是故弄玄虚、行为诡秘，甚至是迷信。而2007年应邀参加常州天宁宝塔开光大典时，当我见过智者活佛星云大师并得到大师的开示后，对佛教场所及佛界高僧有了全新的认识！

我一直珍藏着星云大师为之开光的玉佛！即使后来我拥有

了非常完美的玉佩，依然不舍得换下这尊随身佩戴的玉佛。

在我的初始印象中，佛教它不仅是一种哲学，更是一种行为艺术。

佛教仪式庄严、神圣，独具浪漫主义色彩！

是偶然更是必然，我走进了南岳衡山，我走进了丛林山谷的广济禅寺。

在这个绝对唯美的净地，在广持居士的引领下，认识了才德卓越的高僧宗显方丈，并有幸成为他的弟子。

是上师的教诲，让我从佛学的角度了悟了佛之“四谛”、万法因缘、忠君孝亲、忍辱无贪、净心第一、利他至上；是上师的引领，让我解读了佛之教义、佛之伦理道德价值观及人类生命价值的终极观；是上师的行为，让我顿悟，佛之慈悲是对众生的终极同情与关怀！

我之修佛，不为生死轮回来生极乐，而是因为对佛教学说中生命终极价值观、宇宙观、道德观的认同，为追求一种心灵的完美与人格的圆满！还因为丛林山水及佛教净土的绝对唯美，更因为佛能保佑众生！

佛能保佑众生，这是许多教徒与非教徒都相信并所希望的。

但是，人们是否知道佛为什么会保佑众生吗？

我从学佛中得知：佛能佑人，那是因为，佛教的理念能让人心远离混沌不清，能让人心觉醒，能让智慧之光萦绕心空！

一个每天都处于清醒状态的人，一定不会有贪念，无贪念将会烦恼自灭而远离苦难；一个心灵纯净的人，一定会简单而快乐！

快乐存在于我们每一个人的心中，犹如天空中云层深处的太阳，犹如尘埃下宝光虚掩的明镜。

而修佛，则能驱散遮蔽心智的无明情绪，“境随心转”自在欢喜。

现代社会竞争太过激烈，大多数人都承受着来自外界与内心本原的多重压力，烦恼、苦闷等各种负面情绪如影随形，直接造成人体免疫力的低下，对人体健康造成了极大的危害。

当一个人的无明情绪上升到极限时，人会在精神恍惚中做出一些有背常规的错事，从而给自己的人生造成无法预测的缺失与障碍。

唯有静心修炼，心入禅境、用心转境、转识成智，快乐才会悄然而至萦绕心空！

人的一生，不可能尽善尽美，也不可能事事如意。

但一个人在无法改变外部环境的情况下，需要改变、能够改变的只有自己的心境！用佛教的智慧来观照，真正做到“心能转境”，真正做到放下、看淡、心存善意与爱心，便会有佛祖护佑而一生禅意！

佛祖真的能保佑众生吗？

我所理解的佛能佑人，不是仅指佛像能保佑谁，而是佛教思想深入心灵，人心智慧之觉醒、开悟后，能让人更加清醒、明智！

佛能保佑人，这是毫无疑问的！但佛要保佑的人，不一定要天天不离佛号，不一定天天在佛像前跪拜，而是要怀着一种快乐自在的心情去接受佛学思想，让这种纯净的思想植入心灵、融入人生。

心中有佛的人生将会更加圆满！佛佑其人也就水到渠成！

皈依的仪式是唯美而神圣的，皈依后的我开始进入一个崭新的人生境界——心灵修炼与佛随行！

夜阑人静独坐观心

宇宙万物皆以心为本，人之本心光明如镜、澄清似水，只因被无明烦恼的风吹动才起了涟漪。涟漪原只是人心细小的波动，但如不及时抚平，小小波澜便会形成大的波浪，甚至变成狂澜怒涛。

——宗显法师

夜深了，我却无法入眠。

身处凡尘俗世，难免杂念丛生。

夜很静，愈是静夜愈是无法让千回百转之念静止。

北京郊区的夜很静，夜晚的家悄无声息，静谧得能听到自己的心跳。

在这样的夜里，一种孤寂、凄婉的情绪袭击着我、缠绕着我，心有些空、有些冷！

我打开电脑，想写点什么以缱寂寥。

手指在键盘上敲击，脑海里却一片空白。

我又打开古筝的丝绒布罩，在灯下拨动古筝的琴弦。

“燕双飞，话阑人静晚风微，记得去年门巷风景依稀……”

音韵从我的指尖流出，弥漫于静夜气流中的却是幽婉、凄清！

拉开窗帘看月:“今天的月亮好圆!”

月光从窗外涌入琴房,今夜的明月的确圆而美丽,但月辉下的我,却有说不清的孤寂、凄婉与忧伤。

总是羡慕别人的快乐、幸福、充实!

羡慕大家族的亲密和谐!

很小的时候,我就极为羡慕那些有许多哥哥、有许多姐姐的小朋友,而我却只有一个弟弟。为人妻、人母后,也曾希望为自己心爱的女儿再添一个妹妹,希望女儿的人生有个流着同一种血液的亲人,然而,因为种种原因却不能如我所愿。

在如此的静夜,在如此静寂的北郊,觉得自己像是生活在古代的深宫,像是一只被遗忘在深宫,来自远朝的古瓶……

这种无明的情绪缠绕着我,让心一点点下沉,一点点顾影自怜。

我抬头看月,明月冰冷、月辉清凉,感觉自己有太多的不顺、太多的伤感。在他人看来易如反掌的拥有,却是我人生的缺失!

说不清是我真有太多的伤怀,还是因为音乐的凄清浸染着我的心房。

此时此刻,眼前所有的华美都蒙上了一层拂之不去的伤感与凄凉。

那么,我真的应该如此的忧伤吗?

记得上师宗显方丈曾说,人之本心光明如镜、澄清似水,只因被无明烦恼的风吹动才起了涟漪。涟漪原只是人心细小的波动,但如不及时抚平,小小波澜便会形成大的波浪,甚至变成狂澜怒涛。如果人心向迷离的顺序而行,便会无明动真如,然后生妄心,妄心无明相应而生妄境界。

今夜的无明之愁绪，其实也只是因被烦恼的无明之风吹动而掀起的点点涟漪。

如果换一种角度思想，作为一个女子，梵天赐予了我许多，我完全可以说是幸福的！

我应该知足！

因为知足常乐！

可是，我为何还有伤感，还有顾影自怜呢？

也许，每一个人都会在一种莫名的情形下，出现这种无明的情绪。

出现如此情绪并不可怕，可怕的是人们往往任其泛滥而不能自我和解。

自我和解吧！

我不能沉溺于自己臆造的忧伤之中！

我开始学佛禅坐，平心静气，我默默地告诉自己的心："我是幸福的！我是快乐的！"

我静静地禅坐，茵绿的碧玉佛珠在拇指和食指间来回地转动。我轻轻地微闭着双眼，轻轻地吟诵着《心经》，轻轻地诵吟着"阿弥陀佛"。在这轻轻地诵吟中，杂乱的情绪渐渐、渐渐地消散而去，直到心境澄清。

也许是意念的作用吧，仿佛依稀，似有一轮佛光划过心空！

我记忆起悉达多王子修炼成佛的故事：在一个明月生辉的夜晚，悉达多王子放弃了妻儿、放弃了王子的宝座，独自离家而云游四方。

他发愿，要追求人生真谛！悉达多王子云游到菩提迦耶附近，在深山丛林里苦修。六年过去了，曾经仪容高贵华美的王子已形容枯槁、精疲力竭，却仍然没有悟得解脱之道。

于是，他放弃苦修，到尼连禅河中沐浴，洗去一身积垢后攀缘树枝上岸、他喝了牧羊女奉献的乳粥之后，便来到了菩提伽耶，在一棵大菩提树下打坐静思，发誓如若不能大彻大悟，将终身不起。

他就这样苦思冥想了七七四十九天，终于在一个月圆之夜悟得了正道，成为佛祖圣人。

我拉开窗纱，月辉从窗外拥进我的卧室，我依靠窗台眺望夜空的明月，月光的柔辉抚慰着我，让我的心在佛光中缓缓地苏复！

窗外万籁俱寂，隐若能听到窗下树叶摇曳的微音。

我双手合十，对着夜空默诵佛号，朗朗佛号渐渐地和解着我心中的无明情绪。

于是，我对着明月诵吟佛号！念第一遍、念第二遍，直到我无法记住究竟默诵了多少遍时，心便一点一点地宁静下来、纯净下来。

“水若无波则自定，镜未被翳则自明。”

纯净后的心，心胸豁然开朗，似有一股甘泉漫入心田。

原来，心情真的是可以改变的，诸多烦恼只因自我无端的臆造而派生。

当不良的情绪上来时，诵读佛经或吟诵佛号，真能平抚不良的情绪，使不快乐的心情快乐起来。

我关闭窗帘，回到床上盘腿静坐，深深地呼吸着清新的夜气，欲以夜气存养心灵。

我知道，夜气是深夜的精气，在宁静的夜气之中，人的本心将会渐渐回归 。

夜阑人静，诵吟佛语而摒弃一切杂念，采夜之精气怡情养心、独坐观心，消除外物妄心，留住一份平淡、平静的美丽，现出晶莹绮丽的本原真心！

上天赐予的净地

这里是一片净土，这里是人类心灵栖息的家园！

——广和妙音

当我置身于南岳广济禅寺时，心里总有一种说不出的自在清净！我手捧经书静坐在莲花池旁的山石上，身心在一种极为放松的状态中，享受着一种只可用心体味的安全感！

广济禅寺筑建于紫盖锋与祝融峰之间的丛林峡谷之中，始建于唐朝，由明朝万历年间无碍和尚扩建。这里终年云雾缭绕，日出时常现彩虹奇观！当年无碍和尚因见其佛光映照，才决定在此建造广济寺供奉毗卢遮那佛。据佛经记载，毗卢遮那佛是智慧的象征，毗卢遮那佛的智慧之光能普照世间万物！

这里的确是一片净地，在这群山环绕的丛林山谷，没有喧嚣、远离世俗尘埃，却有一种浓郁的诗情画意，并且蕴涵着一种自然清净之禅意！而，这种无形之禅意，在心底却并蓄成一种无可言说的力量，这种健康的力量而让心无恐无畏！

我时常想，这种安全感与力量源自何处呢？是源于山脉千年所蓄的精气吗？是源自南岳广济禅寺数百年的佛学精魂吗？还是因为寺不在大，有佛则灵？也许都是！也许都不全是！

我曾遍走我国名山圣地，南岳广济禅寺的庙宇算不上最最辉煌，但山谷丛林的清净自然与禅学文化，却具有一种神秘的磁场，让所有去过广济禅寺的人为之感动、为之牵挂！因为，这里没有商业化的气息，是一座纯佛教信仰道场；因为，这里没有铜臭沾染，是一所宗教哲学与文化传播的圣地；因为，这里没有竞争、没有世俗，是众生灵魂栖息静养的精神家园！

在这里，我们可以摒弃世俗，静心积蓄佛教学说所赋予的精神力量；在这里，我们可以纵情于丛林，让在俗世中负重的心在如此净地中放空；在这里，我们将与佛同行了悟宇宙与生命的真谛；在这里，我们将了悟什么是放下、什么是大容！

然而，在完全经济化的社会里，许多寺庙、道观、庵堂已完全商业化。穿着僧尼、道士衣饰的工作人员，穿行于寺庙、道观，令心怀虔诚而来的香客望而却步。

记得，三年前我和几位好友慕名出游我国四大名山之一。但当我们走近一道观时，这真让人大开眼界。徘徊在门口的三四个道姑一拥而上，向我们一行三人各呈上一签名簿说："请签上您的名字吧，神仙会保佑您功名利禄样样齐全！"签完名，道姑又为我们每人请上三支高香，殷勤领我们敬香、跪拜。但当我们每人拿出三张百元投入功德箱时，小道姑却轻轻地说："其实，功德箱是随意的，您放得有点多！"同行的朋友洋说："不多，以表我们的一点心意！"我们欲出道观，小道姑们却挡在门口："功德簿签名333、高香1000，合计1333很吉祥的数字。"洋说："我上山时没带包，只放了 300 在口袋里。”道姑却说：“高香钱是不能不给的！我是见您的头上有股黑气，才让您烧高香的，如不给钱怎么保您平安呢？

您可以找朋友先借着。”我们只好又各拿出 1333 元钱。

道观如是，那么寺庙又是怎样呢？我们在庙前转了转，几个穿僧衣的人便迎了上来：“进庙抽支签吧，这里的菩萨很灵！”好友小曹说：“那就求支签吧！但需说好随功德多少？”僧人说“100、1000、10000，您可随意。”

我忘了她所求之签的内容，但僧人为之解签时突然说：“你开车吗？”小曹点头。“血光之灾！你今年有血光之灾！”小曹问：“那怎么办？”僧人说：“我也无能为力，要请我师傅为您化解。”小洋说：“曹姐，你别信？”僧人却在一旁说：“信不信，你说了不算、我说了不算！”小曹说：“请高僧化解吧！”心一急，曹也忘了洽谈功德钱的数量了。僧人把我们领到佛堂的后院：“师傅在禅房等您，其他人在此等候。”大约过了十几分钟，小曹随僧人出来了。我们问她都做了什么，她说：“那位老僧人什么也没说，焚香、化纸、念经后说佛会佑我平安。领我进去的僧人说高僧化解后，需付 3333 元上一年的香油才能佑我平安无事。我一看钱夹里的钱不够，僧人让我找你们凑齐 3333 元。我正要随僧人出门找你们借钱，老僧人却说‘不必借钱信佛，施主随意吧！’我把仅有的 1600 元都放在佛台上就出来了。”

随后，我们又去了几座寺庙，但我们却匆匆跪拜后迅速逃离，不仅仅是因为钱包会遭洗劫，更因为那些“僧尼”、“道士 ”所说的这灾那灾的实在让人失语，信也不是不信更不是。

而南岳广济禅寺却是清净的，这里也有功德箱和香炉，但在这里功德随喜和烧香拜佛全是自然而然；这里也有高僧、道场，高僧为信众祈福却不收取任何费用，有心供佛者也只是自愿随喜。在这里，信众能真正体会到佛所倡导的众生平等！

我行走在广济禅寺的青石小径上，高高的我说不出名字的树木、藤萝交织着，密密的叶隙间不时地会有一朵朵小花儿探出头来，花儿静静地绽放着，不为争艳，却默默地传播着一股幽幽的沁人心脾的馨香。

我深深地呼吸着这清幽的馨气，心中洋溢着一种无可言说的欢喜！

静坐在广济禅寺的山石上，伴随着山泉流淌的清音诵读经文，心像是在接受佛与山泉的洗礼！在这场隆重而清雅的洗礼中，我会渐渐忘记俗世中的种种忧伤、烦恼！我会在山泉的清音中渐渐忘记我是谁、来自何处?！仿佛依稀我生长在丛林，仿佛依稀我只是餐霞饮露的丛林仙人！

让智慧之光照亮心空

学佛，就是学处世之德和出世之道！用直白一些的语言来概括，学佛就是修心，学习怎样做人，做一个行为规范，清醒、明智、净心、利他的好人！

——宗显法师

宗显法师在佛学讲坛上说："学佛，就是学处世之德和出世之道！用直白一些的语言来概括，学佛就是修心，学习怎样做人，做一个行为规范，清醒、明智、净心、利他的好人！"

那么，怎样才能做一个好人呢？什么样的人才算是一个好人呢？

我们学佛，就是学做一个好人，更是一种心灵的修炼。

学佛的关键，在于心灵的觉悟。

学佛的过程中，对于过去所造恶业深深忏悔、知耻知错，这就是觉悟！

在修炼的过程中改正错误、完善自我，这就是学佛修行、这就是修处世之德。

我的一位学养很高的朋友问我："你为什么会皈依佛呢？你究竟有什么解不开的心结呢？"

我告诉朋友，我没有什么解不开的心结！我信佛不是要逃避现实，不是为了逃避现实中的种种困惑。

朋友不解地望着我，好像在审视我是否言不由衷。

但是，我真的不是因为逃避！

我崇尚佛教，因为佛教所宣导的人生价值观完全有别于其他宗教。

基督教的耶稣，以圣者万能的形象矗立于世！耶稣创造了天，耶稣创造了地，耶稣创造了光，耶稣创造了男人和女人等等。《新旧约全书》说，基督教宣导耶稣不仅创造了一切，并且主宰着人类的命运。

而佛教则认为，人类生活的任何遭际都是自己所造业因的果报。

佛说，人的命运掌握在人们自己的手中，不必怨天尤人，而应该从今天开始修持，修德、修言、修行！

佛教思想之智慧与开明，是任何宗教不能比拟的！

佛教学说认为，人生固然是被决定的，但并非是由佛决定、由命运决定，而是由人类自身的行为所决定。曾经种下什么因，才有目前生活的果；现在造什么业，同样决定着未来生活的苦乐罪福。

宗显法师说：人应该有敬畏心、慈悲心，要相信罪福因果。

罪福因果？！

如果，人类都能信奉作恶者必遭罪报，行善者终得福报这个道理，想必，世界和平、人类和谐大同一定不会太远！

一个人，如果能相信罪福因果，想必这个人一定会有敬畏心，一定会处处约束自己的行为，知道什么是可为、什么是不可为，并且会拥有一颗善良的慈悲心。我相信，由如此个体组成的家庭、集团、国家，一定是和谐而美好的！

因此说，每个人都必须对自己的行为和生活承担完全的道德责任。

我对朋友说，佛教其实是一种科学的哲学思想，佛法就是引导人们以哲学的角度与思想去看待问题、去面对人生，并非人们想象中的消极与逃避。

佛，是博大的慈悲心、积极的生活态度！

一个人，如果每天、每时、每刻，不断地提醒自己、规范自己的言语、行为，这不正是一种积极、健康的生活态度吗？

学佛与遁世没有直接的联系，更不是逃避！

佛学，就像是一面镜子，每天拿来观照自己。观照自己的言、行、思维，因为只有观照才能知道对与错；只有观照，才知道是与非。

观照而知错，知错而向佛忏悔，然后加以修正，寻找正确的方向，这难道不是一种智慧之举吗？

常闻佛法，自观其心。

回忆自己走过的路、做过的事情、说过的话，用佛法观照，心里便会生出种种懊悔！

我将深深忏悔！

忏悔自己曾经说过许多过激的话，忏悔自己曾经执著于唯美，忏悔自己帮助他人总希望他人说我一个好字，忏悔曾经太过随性，忏悔佛赋予了我写作的灵气，我却没有静心写作……

深深忏悔，这便是我修佛之起点。

佛学是博大精深的，佛教哲学所蕴藏的智慧有如燃起在暗夜里的火光，只要我们时时刻刻存着一颗真诚、清净、平等、正觉、慈悲的心，绚丽多姿的智慧之光就会照亮我们的心空！

悲智双运烦恼自消

烦恼如冰山，慧日能消溶。以一个美好的心态与心境面对人生、面对功名利禄，人生的土壤一定会拥有充足的阳光与养料，生命中的理想之花便会自然绽放！

——宗显法师

人的一生，无论富贵贫贱，都会有这样和那样的烦恼。

正于《红楼梦》中王熙凤所言，小有小的难处、大有大的难处。

这诸多大小难处，便派生出诸多无明的烦恼。

而，诸种烦恼的滋生，似乎都与贪欲有关。

人的欲望永无止境，有的人拥有了一百万，但他却想着一千万；拥有了一千万却又想着一亿；拥有了一亿又想要成为中国100百强、世界100强。

人生的欲望，似乎永远没有满足的时候。

人在欲望的驱使下，终日汲汲于富贵、戚戚于贫贱，名枷利锁、心为物转、身为形役。甚至往往"恣鼻之所欲闻，恣口之所欲言，恣体之所欲安，恣意之所欲行”。由于恣情放纵、唯达目的而不择手段，致使光明的心地伦为邪恶，良善的人性堕为凶残，原本圣洁的灵魂，亦随所造善恶业因而招致生死轮回的苦果。

人生是无常的，是苦的、空的，也是无我的。

正如佛教所说，四大苦空、五蕴无我、生灭变异、虚芜无主。

人生乃由四大五蕴假合而成，我之存在乃是虚空！

如果一个人，为追求无恒的虚名浮利去损人利己、影响社会安定，这种追逐、这种执著，不仅毫无意义，不仅对他人和社会造成伤害，最终也会给自身带来灾难！

要知道寡欲知足、修心圣道，才能开拓智慧，才能断去烦恼，才能彻底拔除人生的痛苦，以获取真我中生命的自由与平等！

外界的渲嚣与浮躁，会直接影响到人的心灵。

在修佛前我也曾有过无明，比方说在南方亲戚家见过带泳池的大花园后，我就想，我家的小小花园也太小了吧，小到只能放一只秋千，种一棵枣树、一株玉兰，心里也会徒生出无明的小小失落。

然而，现在的我，却不会再因羡慕而产生攀比之心，更不会因为他人的幸福拥有而生失落的情绪了。现在的我，只会因为他人的荣耀、成功而高兴！我身边的人进步了，我为之祝贺、为之高兴，发自内心的高兴！

一个人生命质量的高低，没有必要去比较。

什么样的人过什么样的人生，这是因前世所种福田的多少决定的，也是今世布施、助人、所种善果的现世福报。

美好的人生，可以通过努力争取，但不必因为不能拥有而烦恼。

要知道，人的一生必需的东西并不多。

少欲知足的人，纵然过着最简单的生活，也能在简朴的物质条件中发现人生的乐趣。

正如孔子所赞叹的颜回那样："贤哉，回也，一箪食，一瓢饮，人皆不堪其苦，回也不改其乐。"

在他人的眼里，颜回的生活简单到"一箪食，一瓢饮"，所有的人都认为颜回的人生太清苦，而颜回自己却"不改其乐"。

快乐幸福，其实只是自己的一种感觉！

快乐幸福的筹码，不是拥有物质的多少，而在于人自己的心境！

我们修佛，就是要修炼自身的心境！

佛的伟大之处在于，以非凡的智慧，点破世俗的屏障，以智慧的机锋给世人以启示，为世人指明人生的方向！

修佛，就是要从修佛的过程中找到自己正确的人生方向！

幸福的感觉源于心灵，而不在于拥有的多少。

幸福的关键在于我们拥有一个什么样的心态，在于我们用什么样的观念来生活！

一个人，如果没有一种健康的心态，没有正确的人生观念，想要在有限的几十年中过得幸福快乐，这似乎不是件太容易的事情。

学佛，也许不能直接生出现实的物质，不可能直接变出华屋、豪车，不可能直接让人获得功名、权势。

但是，学佛却能解变人的心态，改善人的心境。

以一个美好的心态与心境面对人生、面对功名利禄，人生的土壤一定会拥有充足的阳光与养料，生命中的理想之花便会自然绽放！

拥有一个好的心态，平淡却不失积极地面对功名、权势、财富，并且不卑不亢、自我完善。这样的人，将会深得上司的喜爱，上司会认为举荐取用德才兼备之人，是社会也是自己的福气。拥有一个好的心态，有此修为的人，无论是求取功名还是为商、为官，都会得到身边不同层面人的关怀与拥戴。因为，在每一个人的心中都有一把度量的尺子，在人们心目中，德行与才能同样重要，甚至比才能更为重要！

如此这般，能得到大众认可的人不成功还有谁能成功呢?!

拥有一个好的心态，即使通过努力，没有达到预期的效果，同样也能做到知足常乐、自在欢喜！

现代社会，大多数人认为生活中名誉、地位、权威和势力，一切的一切都建立在金钱之上。金钱万能，已不是什么私密不可说的观念。

在许多人的心目中，认为金钱可以操纵一切，支配一切，甚至金钱可以抹杀法律、公理和正义。

于是，金钱业已成为人们生命中的主宰，许多人甚至甘愿沦为金钱的奴隶。

在这个世界上，有多少人因金钱而作奸犯科；有多少人因金钱而父子不和；又有多少人因金钱而神魂颠倒，百病丛生。

众观古今，有多少为官者，因为金钱纷纷落马而遗臭万年；有多少为商者，因为不义之财而遭至牢狱之灾；有多少百姓子民，因为金钱而众叛亲离。

但是，有几人能真正了悟，人生的痛苦与烦恼，其实不一定与金钱有关。

现世间许多有钱的人，虽然他们拥有大量的金钱，但他们的痛苦并不见得比普通人少。

但是，当今社会依然会有很多人被金钱迷惑，甚至心甘情愿地沦为金钱的奴隶。

这是一种人类的病态，社会的病态！

这种因金钱所致的心病，潜伏在人们的生命里，它和人的关系密切到使自己都难以察觉。这种病态，常常会不由自主地推动着人造下种种恶业。

如此无明，不仅影响到当下的幸福，更影响到未来的生命形态。

佛法具有悲和智两大内涵，悲智双运就是要使人认识自己、负起人生应当的责任，树立人生正确的理想，建立健康的人生。

佛教的理想，并非乌托邦式的虚幻，佛教的理想是建立于现实的基础、展望于现实的世界。

佛，就像是一位智者、一位导师，专门教导人从黑暗中寻找光明、从艰苦中创造快乐、从短暂的人生开拓永恒的生命、从丑恶的现实建筑理想的乐园！从不断的找寻、开创、发掘中，让人远离邪恶接近真理。

一个人如果智慧日朗，便会烦恼日轻；一个人如果慈悲之心日益扩展，利己利人之悲愿便会日见炽盛。

佛所宣导的去恶、从善，表现在不杀生而仁爱、不偷盗而义利、不邪淫而礼节、不妄语而诚实、不离间而和睦、不恶口而友善、不绮语而警世、不贪欲而好施、不嗔恚而宽恕、不邪见而正信，这是佛所宣导的上品十善，也是修佛者应自觉坚守的善德！

一个人如能自觉守望慈爱、智慧、正义与道德，这个人的人格必将完美而魅力四射。

如果每一个人都能坚守本心中的善与真，和谐与亲善就会代替人间的不幸，世人彼此间的斗争、仇恨便会自然消灭于无形。

佛陀是具有圆满智慧的人，而佛学典籍则是智慧的宝藏。

一个人，如果能够真正把佛法学好，领悟佛之教义，智慧就会像大海一样浩瀚无边。

人之修为，有利本心，有利众生！

人的一生很短暂，一个人如果看不到生命的未来，就可能急功近利，一切从眼前利益出发而为所欲为。

宗显法师常言：“烦恼如冰山，慧日能消融。”

要消除烦恼，就得修佛悟禅、吸取智慧，智慧就像闪烁着光芒的太阳，能溶化烦恼之冰山，能照亮他人、照亮自己！

从善德修持看人生幸福

幸福是一种感觉！幸福有如在沙漠跋涉的干渴中，奇现一片绿洲、一股甘泉；有如在茫茫黑夜，惊现一束火光；有如小船在漂泊中，抵达宁静温馨的港湾。幸福其实很简单，也许，它只是干渴中的一滴山泉、饥饿中的一片面包、忧愁中的一丝慰藉、成功时的一声赞许、虚浮中的一点真诚，幸福更是利乐有情。

——宗显法师

人的一生，处于不断的追求之中。

追求成就、名望、财富、健康、美貌等，人生的追求似乎永无止境！

那么，人生所追求的一切，它的终极价值是什么呢？

其实，这个问题谁都知道！

无论人生所追求的目标是崇高伟大还是卑微渺小，它的最终目的其实就是为了体现一种自我的存在价值，获得每一个人自己所认为的幸福与快乐。

说到幸福的话题，我们不妨先了解一下究竟什么是幸福？

对于幸福一词的诠释，不同的人有不同的认知。

理想主义者认为，幸福在于不断地追求理想，幸福在于将美好的理想变为现实。

现实主义者认为，平安是幸运、平淡是福气。实实在在、脚踏实地的人生，才是最美好、最幸福的人生。

达观者认为，吃亏是福、知足常乐。

悲观者则认为，乐极生悲。

享乐者却认为，人生苦短，不如及时行乐。

关于幸福，似乎没有绝对的定论，每一个人对于幸福的认知存在差异而各不相同。

古希腊哲学家柏拉图认为，幸福应该建立在德性之上，主张快乐与德性相结合、个体幸福与公共幸福相结合。并且，强调用理性约束快乐与欲望，认为人的幸福在于符合德性的实践活动。而，善是人类所追求的最高目标，人们追求这个目标的过程，就是获得幸福的过程。先哲柏拉图强调说：善的人生应该是理性与感性、快乐与智慧混合的人生，是“蜜泉”加“清凉剂”的生活。

德国古典哲学家康德认为，幸福是由主观的、相对的，是由个人的快乐情感和痛苦情感来确定的，没有一种绝对的对所有人都普遍适用的客观的幸福标准。

我国古代圣人孔子则认为，幸福既是一种具有客观内容的行为标准，也是一种主体的心理满足体验。幸福的基础是健康的生命、充足的财富、循礼的行为、艺术的追求、高尚的美德和对天命的领悟。

幸福，作为人生的重要问题，无疑是一个见仁见智的问题。

我所崇尚的佛教，同样也不否定世俗生活的幸福。

关于幸福，佛教中有两种不同的表达，一种是来自善法的幸福，一种是涅槃。而远离了执著和欲望的涅槃，则是佛教中幸福的最高境界。

佛教学说认为，经济、福利、社会和政治，对于人类的幸福来说是必需的。但是，人们在获取幸福的同时，也必将依照道德的途径。

当今社会，因为商品经济对思想意识形态领域的不断冲击，导致唯利是图、官场腐败、商业欺诈、拜金炫富等社会现象愈演愈烈。拜金男女、网上炫富、男盗女娼、贪官污吏等现象，业已表明人们的价值追求越来越急功近利。一些人因为急功近利，为获取个人的所谓幸福，甚至不惜损害他人、损害社会的公共幸福，使得人生的幸福观和价值观产生严重的扭曲与畸形。

也许，谁都知道，一个人如果为了自己的幸福而损害他人和大家的幸福，这种脱离道德底线的所谓幸福，最终给自己带来的不仅不是幸福而且是灾难与痛苦。

其实，一个人幸福的标准不是财富的多少、不是社会地位权势的高低大小、不是功名的高低、不是情欲的获取与享乐，也不是神为天定，而在于佛教所宣导的善德修持，是坚守本心，是利他自利，是舍自利他！

一个人，如要追求人生的幸福，就必须放下贪求与欲望、行善积德，达到和谐宁静的禅意境界！

对于幸福的含义，每个人有每个人不同的理解。不同环境、不同生活状态下的人，对于幸福也有不同的认知。

但是，无论是怎样的一种幸福，都不能脱离道德的底线，不能有违社会公德。

幸福其实就是一种感觉，这种感觉是美好的！

幸福，它有如在沙漠跋涉的干渴中，奇现一片绿洲、一股甘泉；有如在茫茫黑夜，惊现一束火光；有如小船在漂泊中，抵达宁静温馨的港湾。

幸福是简单的，是因时、因境、因人，而不断转换变化的。也许，它只是干渴中的一滴山泉，饥饿中的一片面包，忧愁中的一丝慰藉，成功时的一声赞许，虚浮中的一点真诚！

幸福的感觉，其实就是那么简单！

记得曾经与我同在报社做编辑的同事闺密，她拥有了美貌、拥有了较高的学历、拥有了一份同龄人为之羡慕的工作，但她却常常憧憬着做全职太太养尊处优的幸福生活。

她说："如此挤着公交车朝九晚五的辛苦，真的不是我所需要的人生。"

许多年过去了，当她的夫君身价过亿，她拥有了曾经所憧憬的一切时，她却满含忧郁地对我说："我的生活已经完全与社会脱节，每天对话最多的就是只有初中文化的保姆，我发现我自己也像变了一个人。有时候，我特别怀念我俩住在一起合打一辆车上班下班、一起做饭、一起逛公园聊天的日子！那时候，我们虽然计算着每一个分币生活，但却是幸福的！”

我相信，她的话语绝对是真诚的！

但是，在她过着计算着每一个分币生活的所谓白领生活时，关于幸福的憧憬不就是现在的生活状态吗？！

我说：“还记得当年我们站在风雪中等出租车去报社上班时的情景吗？那时候，你多么羡慕有司机开车、有保姆陪伴的女人！记得你说过，那才是女人的幸福人生！而你现在的生活状态，不就是你多年前的憧憬吗？”

闺密感慨：“可是现在，我却宁愿回归到从前，多幸福多充实、多么无忧无虑啊！”

所有的一切都在变化，人们关于幸福的价值观念也在随着生活的变化而变化！

昨天认为的幸福，今天却习以为常而成为忧愁；今天认为的幸福，却是曾经认为的艰难与清贫岁月。

幸福其实只是一种感觉，感觉是不断变化的情绪。

一个人如果要想在生活中获取一种永恒的幸福感，就必须常怀一种爱与美好的心态，以美好的心态看春花秋月；用美丽的心情听夏蝉鸣唱、看冬雪飞翔；用唯美的心灵，面对人生的低谷高峰、失败成功、清贫富贵，幸福的感觉就会如影随形、萦绕心空！

平淡是一种美丽

平淡能派生从容，平淡能升华人生的境界，平淡是睿智的人生态度。

——宗显法师

一份淡淡的情愫，一种淡淡的逸致，一股淡淡的幽香，构筑起人生的闲逸自在与美丽！

在恬淡人生中，让生命鸣唱出天籁妙音，那是生命中弥足珍贵之所在，是生命中溢出的光芒！

平淡是真！

平淡是福！

“淡”字为水火交融。

水火既济共融，构筑起易学中挂象之完美。

我惊叹于造字者的睿智与神秘！

淡，是水与火的交融！

是清凉后的温暖！

是水与火的完美结合，是水火共济之象！

平淡是一种健康科学的生活方式、是睿智的人生态度。

宠辱不惊，闲看庭前花开花落；去留无意，漫随天外云卷云舒。

平淡能派生从容，平淡能升华人生的境界。

淡淡的情愫，像月光下百合花的甜香，清雅恬淡，萦绕于心尖。

淡淡的月光、柔柔的清风、薄薄的山岚、清清的溪流，天然自成一种唯美自在超然的意境，令人心旷神怡！

固守一种平淡，即使身在闹市，也能独享“采菊东篱下”的恬淡与超然。

把世俗与喧嚣过虑，心灵的天空就能如雨后初晴的树林，纯净而美丽。

人总是在冲动时犯错，冲动是心魔，它会吞噬人本原的智慧，会让聪明人做出蠢事。

而平淡的心态，却能让人变得从容，动静相宜、不偏不倚、不出差错而宠辱不惊。

来自摇吧的音乐，一定让人心更加迷乱。

而，淡淡的古乐却能让心惬意、安静。

我喜欢清幽的洞箫、二胡、古筝里流出的音乐，那种清幽、静雅的音韵，如清风、流泉、月辉！

当凄婉的乐曲滤过心尖，丝丝切切百般悱恻；淡淡绵绵，轻轻地揉动着淡淡的情丝而随风飘逸。

我喜欢淡淡的山谷里幽兰的馨香，那种浅浅的若有若无的气息，在空气中流动时沁入心灵，撩起那一丝丝的淡淡的美丽与心颤，那是何等的美丽啊！

山谷幽兰，弥漫着幽幽的馨气，却不争红斗艳，默默地传递着一股淡淡的清香。

因此，我设想一个人如品若幽兰，那是何等的一种禅意！

品若幽兰的人生，便会多一份坦然、多一份真实、多一份宽容。

淡然的心境，一定会少许多烦恼、多许多快乐。

淡然地对待权势名利，便会少一份在为争取权势、名利时的烦恼与不安。

面对人生中的风风雨雨，若以平淡的心去对待一切，所有，所有的一切自然也将风轻云淡，快乐幸福的感觉便会自自然然而涌上心头。

“淡泊明志，宁静致远”，也许就是这个道理了！

人生，只是一种有限的生命过程！

在这个漫长而又短暂的过程中，有人一生风起云涌，有人则平静、恬淡。

风起云涌的人生之旅，冒险、刺激、大悲、大喜；平静恬淡的人生，平安、惬意、自然欢喜而处处禅意。

然而，无论是何种人生，它的终极之境都是相同的！

人生亦如一次旅行，人生所有的经历，都只是旅途中的一线风景！

学点佛法放弃我执

我执，就像埋藏在生命土壤中的刺根，它悄悄地萌芽、生长，它长出的刺蔓就是人生的痛苦与烦恼。

只有拔除埋藏在生命土壤中的我执之刺根，才能解脱人生的痛苦烦恼，才能还原本我的自在与欢乐！

——宗显法师

佛曾经对他的弟子说："人之所以会产生忧虑、悲伤、痛苦、苦闷，那是由于人有我执。"

执著于财富、执著于名利、执著于欢乐、执著于自身，因为执著而烦恼丛生、痛苦无边。

那么，什么是我执呢？

我执可归纳为四种：第一种我，属于世俗的我，是以人现实的存在为真实；第二种我，指人的精神或灵魂；第三种我，指超越个体独立的主观精神；第四种我，则涉及宇宙的主宰，类似宇宙的根本精神。

如此四种观念，在佛看来，均属于无明我执。

这种无明我执，有悖于生命本质的完善与超越。

佛常说的无明，就是不看事物变迁的事实，不懂得因果的道理。

佛家认为，有了无明我执，就必然受到小我之私的约束。有了无明我执，就会对事物强作分别，追求自我的独立、自我的利益，从而产生出贪、嗔、痴三毒。

当我执伸展到一定程度时，人对它物便会产生贪爱。

所谓贪爱，就是贪图那些本来无法得到、或者根本不会永远不变的东西，并对这些东西执著和留恋。

佛说：事物原本是没差别的，由于无明和贪爱的作用，使人们感到了差别；事物原本是没有好坏的，由于无明和贪爱的作用，使人们感到了好坏。

于是，人们在永无止境的追求中以业为田、以心为种，覆于无明之土、受润于贪爱之雨、灌之以自我之水，收获着影响心智的痴迷我执。致使原本光明的本心，被忧虑、悲伤、痛苦和烦恼所包围。

“我执，就像埋藏在生命土壤中的刺根，它悄悄地萌芽、生长，它长出的刺蔓就是人生的痛苦与烦恼。只有拔除埋藏于生命中的刺根，才能解脱人生的痛苦与烦恼，才能还原本我的自在与欢乐。”

青春不可永恒！

生命不可永恒！

宇宙星辰不可永恒！

万事万物都不可永恒，这个道理其实谁都懂得！

身为王子的悉达多，曾经冥思苦想：人类为什么如此害怕疾病、年老、死亡呢？

他历尽千辛证悟出的结论是，因为人类希望永恒！希望青春永恒、生命永恒！

然而，永恒却只是人类的一种美好的愿望！

因为，万事万物都不可能永恒！

而人们却执著于这个根本不可能实现的“永恒”！

因此，追求永恒便成了人心最深的贪念与执著！

我的同学朵生春曾经送给我他写的一本书，书名叫《严重的时刻》。记得他在书的开篇写道：一个人的心，便是一个王国，每个人都想为王……我没记住原文，但大体基本如此。我曾经说，朵生春同学他应该是一位思想家！虽然久无联络，也不知他的生活状态如何，但我一直期待他能写出更好的作品，成为一位杰出的思想家！因为，他有如此的学养与深刻！

还是回到“每个人都想为王”的主题吧！

我想为王的观念，实质就是人心中最深的我执！

“我”想控制宇宙，控制一个国家，控制某个领域，控制“我”所贪爱的一切。

这种临驾于万物之上的贪爱，就是人类最深的我执！

佛说：人类生命存在的痛苦与烦恼，只是因为人类的无明与迷失遮蔽了真理的光芒！

因为无明，我们不能够了悟真实的智慧，不能够认知真实的世界，愚昧与迷失造成轮转轮回，无明则是产生我执滋生烦恼的根本。

因此，我建议无论是从事何种职业者，都不妨学点佛学，弃除我执，提升每一个体的精神境界！

无论是为官还是为民，心净则行为规范、德行圆满。

执著于我，所表现出来的，其实就是人心的一种强烈占有的欲望，是对财物、声色、功名利禄、荣华富贵的刻意追逐。

因为贪欲与追逐，人与人之间便会发生种种冲突与矛盾。

贪欲与追逐，甚至会滋生一种邪恶的力量，在这种邪恶力量的驱动下的个体，会为了获取自己所向往的一切，而不择手段。

如此这般，必将给社会和家庭造成极大危害！

在这里，我特别要提一下人类社会的食品安全问题，这个问题之严峻，令人惊恐、令人忧心！

关于牛奶、燕窝、鸡蛋、猪肉、鸡肉、大米的种种添加毒素，想一想就感到恐惧。

难道，制造有毒食品的商家不明白自己的行为是在残害人类，是加速人类灭绝的无明行为吗？

我相信这个道理商家是明白的。

但是，不法的商家却因为高利益而不顾一切。

也许，他们认为，我制造了“毒品”我知道，我不食用、我的家人不食用，便毒害不到我和家人。

但是，他们却忽视了其他食品的制造者，也怀着与之同样的侥幸。

你能不吃自造的有毒食品，难道你能不食用其他食品吗？

为谋取暴利、为坚持我执，愈来愈多的商家，依然在制造着有害于人类的食品。如此轮回往复，食品安全问题已成为一种危害极大的社会问题！

当今之世，因为人的贪欲，而对地球、对人类生存带来了极大的威胁。

人类信仰的缺失与道德的沦陷，业已成为严重的社会问题而令全球所瞩目！

佛说，我执是根本妄见，是妨碍人的本质提升与完善的根本障碍。

放弃我执、回归本我之佛性，从我做起，唤醒人类良知的回归，想必这也是佛陀的心愿！

佛教之目的，不但要纠正世人的错觉，使人获得正知、正见，而且要让人了解真理、认识人生、使人性苏醒、觉性抬头、佛性显现。

正如法华经所说："诸佛如来，为令众生，开示悟入佛之知见故，出现于世。"佛之知见，就是般若智慧。开示悟入，就是令众生由闻而思、而修，而共同证入般若智慧，修持佛道，圆满人生。

当然，我们不能要求所有的人都信佛、修佛。

但是，如果社会的每一个体都能从佛学中吸取精华，自心空明、消除我执，相信无论是为官还是为民，都能做到境界高远，人类社会的和谐共融，也会离我们越来越近！人之每一个体，也必将获得真正的幸福与快乐！

慈悲是佛予众生的至爱

慈悲，是佛予众生的至爱！佛法，就是把人类基础的爱渐渐引导至无我的慈悲。智慧是理性的慈悲则是感性的，以智慧来指导慈悲、运用慈悲，就可使凡夫的情感从混乱变为条理、从矛盾成为和谐。

——宗显法师

慈悲，是佛对众生的至爱，是佛对众生的终极关怀！

这是我阅读了大量佛教经典著作后，得出的结论。

佛教，有别于其他的宗教，没有把博爱当成一种教义来弘扬，但佛教却倡导慈悲。

那么，慈悲究竟是什么呢？

佛教对于慈悲二字，曾作过这样的解释：慈是与乐，悲是拔苦。

给予他人以欢乐，为他人拔去苦难，这实质上是人性中的至爱、是人类爱之最高境界。

佛教之所以不提博爱，只因为学佛及弘扬佛法的人，没有透彻地理解佛之教义，往往把贪爱、把男女之间的荒淫，误认为"爱"，这实际上是对佛教的一种误读！

慈悲，不仅仅是拔苦予乐，它还是对人性至爱的张扬、是人心至高的同情心、至极的正义感！与贪爱、与淫乱毫不相干！

说到慈悲、说到佛予众生的至爱，我想起了一位僧侣与一个流浪者的故事。

在一个非常寒冷的冬天，一个流浪者来到一位僧侣的禅室，他饥寒交迫而浑身颤抖。

流浪者气若柔丝地说："我不仅饥饿而且寒冷，我的家人也因生病无钱医治而危在旦夕。您能施舍一点东西给我吗？哪怕您的施舍只能维持我们一天的生命！"

僧人非常同情！

但是，身为一个出家人，他的身边实在是无法找到一样东西可以布施给流浪者。

他在禅室四处寻找，抬头间他看到供奉的如来圣像，他知道圣像后面那个金色的圈是黄金制作的。

僧人犹豫了一下，随后将金圈拆了下来，送给流浪者道："拿这个金圈去换钱吧。"

其他弟子看到这个情形，非常惊奇，责备道："你怎么可以将佛的金圈拆下来呢？"

僧人回答："我不过是按照佛的旨意去做罢了。我佛慈悲！假如佛看到刚才的情景，佛陀甚至会把自己的手和脚拆下来，去救助这个可怜的人……"

想必，这位僧侣就是一个能正确解读佛之慈悲的弟子！

因为，他读懂了佛之慈悲是最最无私、无我的，至高境界的关爱！

佛所倡导的慈悲，虽然源出于人与人之间，人与万物之间的情感，但却又有别于俗世眼中的爱情、亲情和友情。

人与佛的爱之差异，在于有条件和无条件，有我和无我。

佛之慈悲是无我之爱，而人与人之间的爱却是有我的。

佛法，就是把人类基础的爱引导至无我的慈悲，就是教导众生从有我的爱而渐渐进入无我的慈悲。

人的一生，谁都离不开一个情字。

佛教徒虽然追求清净自然，但佛教徒也是凡夫俗子，他们与普通人一样，会有父母、会有兄弟姐妹和朋友，甚至也会有配偶和儿女。

佛称众生为有情，也就是说脱离了情字，就不是众生。

学佛之人，也是众生、凡夫。

如果佛教只讲离欲，则无法使一般人进入佛门；如果佛的教化没有感情的成分，也很难教化众生。

因此，佛是智慧的，佛学思想也是辩证的！一方面，佛倡导人心的觉醒；另一方面，则强调慈悲为怀。

佛法的目的，就是为了教化世间凡夫，引导凡夫俗子将矛盾化为不变的法门——智慧和慈悲。

佛学所倡导的觉，便是超越世俗之觉悟，也就是佛之智慧。

智慧是理性的，而慈悲则是感性的。

以智慧来指导慈悲、运用慈悲，就可使凡夫的情感从混乱变为条理、从矛盾成为和谐。

那么，一个人应如何处理感情、处理情爱呢？

说到情和爱字，我们便会想到父母孩子亲情、丈夫妻子之爱、亲朋好友及师生之谊。

大家都知道，血缘亲情、男女爱情与朋友友谊，是构成爱与感情关系的因素。

据《六方礼经》记载，释迦牟尼佛时代的印度，有一种专门拜礼六个方位的宗教礼仪。

有一天，佛看到一位叫尸迦罗越的青年，正非常虔诚地礼拜六个方位。

佛问他拜的是什么？

青年说："拜的什么，我也说不清楚。我只是效仿父亲生前的行为。父亲在世时每天拜礼六方，父亲去世后我也照例顶礼六方神圣。"

佛陀则告诉年轻人："佛教也拜六方，以孝顺父母为东方，恭敬师长为南方，夫妇互相体谅为西方，爱护亲友为北方，体恤仆从部属为下方，尊敬出家修行人为上方。"

佛教中的六方礼仪，足以说明佛教对父母儿女、师长弟子、主仆之间的情感与责任的重视。这种礼仪行为的诠释，就是一种爱，是佛予众生的慈悲至爱。

《维摩诘所说经》"佛道品"中，记载过普现色身菩萨与维摩诘一段很有趣的对话。

菩萨问维摩诘：你有父母妻子，也有亲戚等眷属，还有部属和朋友，这不是很累赘吗？

维摩诘答道：我的母亲是智慧，父亲是度众生的方法，妻子是从修行得到的法喜，女儿代表慈悲心，儿子代表善心和诚实；我有家，但它代表毕竟空；我的弟子就是一切众生，我的朋友就是各种不同的修行法门，在我周围献艺的美女就是四种摄化众生的方便。

维摩诘不但没有因为对情爱之拥有，而觉得累赘、不自在，反而觉得这是极致的自在欢喜。

维摩诘虽然拥有与一般人相同的爱与感情，但是他更拥有一个自在解脱的内心。

维摩诘对父母、妻室、儿女、部属、朋友的爱，完全可以说是以佛教大智慧来运用大慈悲的典范！

由此可见，佛教并非完全排斥情爱！

但是，佛教却讲究以理性来指导感性，以感性来融合理性。

能够以理性的智慧来指导感性的爱，人生一定会快乐圆满，而且能真正到达自利利他的境界。

在爱的世界中，如果用情不当便会给自己和他人带来困扰。有如父母对子女，既要倾注责任与关爱，又要做到不溺爱。因为，溺爱纵容，会给子女未来的人生带来不可预测的麻烦。再说男女之爱，真正唯美浪漫的爱情，是不含任何杂质、超然于物外的两情相悦。过余复杂且动机不纯的男女牵扯关系，则不是爱情。不洁的感情，不仅会惹来家变的麻烦，更会给社会制造纷乱。对于亲戚、朋友、师生、同事或者雇员，我们都应该平等相待、相互关爱！

其实，佛之所言爱为众苦之因，只是告诫众生，要树立正确的仁爱观。一如佛之宣导生命无常一样，提醒众生生命短暂的目的，不是为挑起人悲观厌世的情绪，而是引导众生要保持积极的人生观，精进修持而离苦得乐！

佛陀慈悲！

佛是有情的，如果无情，佛为何要普度众生?！

因为佛对众生有情，才会体现出对众生的终极关怀！

人的一生，要把握好爱的尺度，不是一件容易的事。

如果用情不当，不仅会给自己也会给他人带来困扰，甚至会造成灾难。

父母对子女固然要爱护，但是溺爱却会助长子女的不良个性，会给子女的人生带来障碍。

男女之爱唯美浪漫，但不良的男女情感却要当止必止。

对于亲戚、朋友、师长、同学，我们要真诚、谦逊、善良。

记得前不久，我的一位朋友对我说："我曾经帮助过一个极需要帮助的女子，但事后，这个人不仅没有感恩之心，而且还编排了我许多难听的话。"

我劝导朋友说："也许，接受过你帮助的人不知感恩，但是，旁观者一定会知道你的好、你的善。我就是因为知道你曾经对她人的好心与善意，才认定与你成为挚友的。"

我总相信，一个善良、慈悲的人，即使他的付出暂时未得到回馈，但终会得到大的福报！

因为，人的真诚付出不仅能感动他人，还能感动佛祖，会得现世之福报！

慈悲是佛赐予众生的终极关怀与至爱，我们要珍惜佛之恩赐，健康理性地享受佛之赐予、享受爱之欢喜！

爱若春风拂面

用大爱去面对生活，生活就会反馈给我们真爱。

——宗显法师

曾经在我的作品中，对爱作过无数次的诠释。

爱是一种发自内心的唯美浪漫的情感，亦可说是一种特殊的情绪，代表着愿意为所爱之人、之事、之物，无条件的付出而不求回报。

爱情，这是凡世中天天都在上演的故事。

在我认为，真正的爱情应该是生命本源及行为思想的相互吸引，是从体内散发出的一种气息、气场的特殊感应。

记得前些天，我的一位朋友告诉我，她说在一个特定的场合，她见到了一位男生。

她说："他浑身弥漫着一种光辉，纯净、帅气、高贵而气势非凡，这是我从未见过的人间极品！"

"如此的人杰，想必不应是凡人而是佛了！是释迦牟尼再世吗？"

我的发问她很认同。

她却说："我只见过他一次，我知道不应该产生如此之念，但却很想念牵挂，这可否是一见钟情？"

我了解我的朋友，她的经历简单、对于情感的处理一直都非常理性，发生如此的意念我既理解、欣慰，也为她感到难过。真的为她感到难过！

我对她说："你能体验到为爱心动的感觉，我为你欣慰！一个人，如果一生都没有为异性动心的体验，这是生命的缺陷。但是，你对那个人并非男女之间的爱恋，而是一种敬仰与膜拜，更是对你自己审美高度的肯定！"

她却说："在见他的一瞬，我觉得有一种气息在不知不觉中渗入我的肌肤，让我时常地想起、牵挂！"

的确，爱一个人是说不清缘由的！

也许，有一种爱不一定要反馈、不一定要对方知道、不一定要拥有。

只要用恒久的情感供奉在心灵，珍藏于心灵，想必这一定也非常唯美浪漫！

佛有言，迷情最苦，但非有情最苦。

产生了不该拥有的情感并不可怕，而在于如何对待、怎样去自我和解。

然而，许多俗世中人一旦陷入爱情，却无法自拔。

因为，一旦爱而不能，便会迷情自苦，甚至割腕、寻仇。至使原本唯美浪漫的爱情而面目全非，最终不仅仅伤了他人更伤了自己。

记得，一位学姊因爱一位学兄而如痴如醉如狂，毕业后学兄因许多原因要回原籍提出分手。但学姊却爱意正浓，整天喝酒消愁。学姊说心情不好，想在我处借住一段时间，我欣然留她住下。

虽然，我天天陪她聊天、散步、游泳，但可怕的事还是发生了。

她在我离开的片刻，用藏好的刀片割开了腕脉。

这真把我给吓坏了，我只好呼叫救护车。但医生救治了她的生命，却依然没留住那段感情。

我劝学兄要珍惜这段感情。

他却说："我害怕这种烈火，会燃烬她也燃烬我！"

这种迷情自苦的情绪，真的太可怕、也太可怜了！

另有一件被传为笑谈的事情，相信生活中也不是个别。

一位男生在追一女生失败后，到处发匿名短信诽谤、谩骂女生。

如此的疯狂、狭隘、自私而可笑的行为，难道也是因为爱吗?!

在我认为：爱，应该让被爱的人感到幸福与快乐，而不是给对方以伤害。

爱，应该给被爱者应有的自由！

另外，还有一种现象，在生活中也是很常见的。

一些看来貌似幸福的夫妻，他们拥有华屋豪车，但他们之间总有一方（或是妻子或是丈夫），常常以爱之名，对另一方严加看管。一方外出，另一方人不跟着则电话跟踪查岗，要求另一方不许这样、不许那样。其实，被控制的一方他（她）并没有什么秘密。但是，因为被控制太多而心生恐惧，明明是在与朋友正当聚会，却告诉妻子或丈夫："在开会"或"在与客户谈判"。

如此这般，被控制的一方，为了少一点麻烦与争吵说了谎话。但当对方发现“在开会”或“在与客户谈判”只是谎言时，便又吵又闹。

如此循环往复，多疑的一方更加多疑、恐怖的一方更加恐怖！原本美好的爱情，也因为一方的控制和另一方的反控制，而烟灰烟灭。

爱，应该相互信任，应该给对方以相对的自由！

真正的爱情，是摒弃世俗、唯美浪漫而不含任何杂质的！

但当今社会，能够相信爱情、守望真爱的人似乎越来越少，这是当今社会情感的危机！

前些天，一位亲戚也是朋友问我：“一个比我小二十岁的女孩说，她很爱我，没有我她无法生活下去，你帮我分析分析是真的吗？”

我哈哈大笑起来。

他问：“为什么笑？”

我问：“她要求你做什么了吗？”

他如实回答：“她让我给买辆车代步。我说就买辆宝马3系吧，她说开国产3系很没面，后来我就给买了辆名车。”

我又笑了。

聪明的亲戚说：“你笑我！”

我真有些忍不住了：“我也认识那女孩，她之前与D男士相好，你是通过D认识的吧？”

“你怎么知道的，先知先觉啊！”亲戚惊讶。

“其实，我哪有先知先觉啊，你与D先生都是我的好朋友，他与那女孩分手是因为不能给那女孩买豪车、不能给她建录音棚才分开的。D虽然看起来很风光，但他并非富豪，哪里能供养得起如此女子。一定是他带女孩出来应酬，遇上你这个冤大头了。”我如实以告。

时下，一些女孩真的不可思议，为钱、为出名，而以爱情为幌子，把那些功成名就而定力不够的男人骗得团团转。更有一些年轻帅气的男子，以骗取女人的钱财为职业，对情感缺乏却不缺金钱的女人，先诱骗后威逼、胁迫，让其苦不堪言、欲罢不能而追悔莫及！

我为被骗而不知被骗的男人和女人而悲哀！

更为那以色相骗人的女子或男子而悲哀！

时下，许多种声说，爱情可以超越年龄、超越疆域。但我却认为，真正的爱情一般都建立在年龄、知识及社会阶层的共识之上。我不太相信，两个年龄相距太大的人之间的爱情会没有杂质。我也不太相信，知识与社会层次差异太大的两个人之间，会迸发出爱的火花。

因为，年龄、知识、社会阶层的差异，会产生审美情趣、人生目标、思想意识、生活方式的距离。这种无形的距离，将是相爱的屏障。

我之所以这样说，并不是说我不相信爱情。

我相信，这个世界上一定有一种特别纯净，不含任何杂质的爱情，这种爱有如春风拂面，绝对纯真、唯美、浪漫！

昙之绝恋

世间一切皆为虚空，万事万物均不可永恒！如果，有一种东西能够永恒，那么，能够永恒的一定不是事物本身，而是一种唯美的精神！

——宗显法师

这是一个简单却令人心牵痛的故事，一位年轻高僧与一位年轻女子的故事。

高僧名源，女子名荷。

源与荷邂逅在丛林禅院经书楼。

荷是某研究生院的学生，源则是禅院的僧侣。

荷的老师让荷来禅院取一本经书。

荷轻轻地上了藏经楼，一袭僧衣的源正在伏案手抄经文。

荷说："老师让我来取经书。"

源把早已包好的经书递给荷。

四目相触，却有似曾相识的感觉。

荷与源的目光相遇时，荷的脸红了，慌乱中手腕上的两串紫晶手链被书的页角挂断了一串，而荷却心不在此没有发现。

荷匆匆走出了禅院。

回到学校后，荷却神思恍惚，心里一直忘不了那位似曾相识的僧人。

从此，夜夜都有僧人源来入梦。

夜梦得知，一千年前，荷因家道破落而出家为尼，源却是一富家公子。

源与荷虽然心心相印，荷却因慑于佛法，万般无奈而放弃情缘。

但是，二人却彼此相知相恋，情缘未了。

源重病，在弥留之际荷却不顾佛法跑出尼庵，守在源的身边。

两人第一次、也是最后一次手牵着手，双双在同一时间闭上了双眼。

源躺在床上，荷却坐在床头。

眼合上了，手却还握着。

并且，在命终之时，彼此相约来世再继情缘。

然而，千年后的今天，源出家为僧，荷却留在红尘……

这是女孩荷的一个夜梦！

然而，这个梦却像梦魇一样纠缠着荷，牵动着荷的每一根神经。

荷等待着，明知是无望、是绝无可能，但她却仍然等待着。

日子一天一天过去，荷每晚的梦中，都有源来相伴。

她没有告诉源，她不敢告诉源，她只是默默祈盼夜晚来临，在梦中与源幽会，以梦慰藉心灵。

荷不是诗人，却写了几行如诗的文字《昙之绝恋》：

一千年前
与你相约在今夜绽放
你却饮过忘情河的水……
昙合拢花蕾说：
不急！
再约来世的今夜
为你绽放传奇！

荷终日思恋着前世情人源，但荷终究没有说出自己的心思。

一年、两年过去了，源依然每夜来梦中与荷相聚。

一天，荷随老师来禅院看源。

源身体不适，躺在床上接待荷的老师。

荷随老师而来，源却因荷的出现而有些许失态。源有些慌乱，慌乱中不小心滑动了床头的枕头，而枕下却露出了荷那天不经意洒落在藏经楼的紫晶手链。

手链已被串好，正静静地躺在源的床头。

荷的心一丝丝牵痛，眼睛里闪着泪光。

她走了，她带着她期待了一千年的祈盼走出了禅院……

佛说：百年修得同船渡，千年修得共枕眠。

传说中人荷与源修了千年，却终究没有修成情缘。

人是感情的动物，同时也是理性的高级动物。这个理性，包括对事物的衡量，也包括对事物可行性的分析。

人的一生，一切行为在尊重自己情感需求的同时，必须遵从世间的道德标准，还要遵循佛法。

爱是唯美浪漫的代名词，是一种善的行为，但爱却是双方互动的结果。两情相悦，才会滋生爱情。单方的情感，只能说是单方的思恋，如果单方的爱恋将带给他人的是痛苦、是伤害，那么这种爱就应该停止。

如果有一种爱，它有背于伦理道德、有违佛法，就不必展示给对方，而应该像荷一样，选择离开、选择等待来世。

其实，男女之情也只是一种情绪。情绪是可控的，学会控制自己的情绪，不让情绪泛滥，既是修佛的一种境界，同时也是在保护自己。

人的心灵当是独立的，不完整的人生来自人性的欠缺，而不是情爱的缺乏。

当一个人将终生的幸福寄于他人之时，或许也就是悲剧的开始。“夫妻本是同林鸟，大难临头各自飞”岂不就是对现实感情的真实写照？

即便真是今生此情不渝，也终究还有生离死别之时。

世间万事皆为虚空，万事万物均不可永恒！

也许，能够永恒的不是事物本身，而是一种唯美的精神！就像荷与源的爱情，超凡脱俗却求之不得！

求之不得而深藏于心，这是一种美丽。

荷与源亦如是！

愿佛佑荷，祈望荷与源的来世能再续情缘，愿他们能在唯美浪漫的来世的今夜如愿以偿、绽放传奇！

有一种爱只能深藏于心

佛是仁慈的，我想送她一缕明月的柔光，以慰她寂寥而圣洁的心灵！

——广和妙音

一个男人和一个女人相遇了，他们相遇在一个明媚的夏季。

夏季的柔风轻卷起她的发丝，轻掀动他的衣袂。

她与他的目光，轻轻地相触时，空中飞飘起一缕薄雾。

她与他都着一身白色，有如相约的情侣套装。

两个白色的影子，在愈来愈浓的雾岚里若隐若现。

她闻到了一股从他身上弥漫而来的气息，这种气息像是爱之蛊，悄悄地植入了她的皮肤，扩散于她每一个跳跃的细胞。

她感觉到，他的身上有一种光辉，一种静若月辉的光芒，笼罩着她、感动着她！

她迷醉于这种美妙的光辉之中！

于是，她悄悄地幻想：有一天我能轻轻地拉住他的手，能为他抚琴、唱歌，能与他走在宁静的月光里，倾听静夜私语，聆听月亮里飘出的幽幽琴音。

她迷醉了，迷醉于臆造的梦幻里。

没有为爱心动过的她，不停地问自己：这可否是一见钟情？这可否是神圣的爱恋？

这就是一见钟情！

这就是神圣的爱恋！

却有如明月远在天边而遥不可及。

没有爱过的女人，爱上一个不该爱的男人。

她却深深地，独自享受着这种甜蜜却心痛的感觉。

她珍藏着，深深地珍藏着，唯恐深藏的爱意会不经意流露而惊扰他的平静。

于是，她自控着，竭力地自控着，只是在空寂中关一房古韵而自我和解！

在爱恋没有任何反馈的时候，她的心有一丝丝牵痛，因为思念她心牵痛。

于是，她收藏着他极为平常的短信、她收藏着有关他的文字、照片，她从一点一滴的收藏中感受他的存在，在虚幻中感觉爱恋的真实，在虚幻中让心体味到一种心痛的幸福！

她是幸福的！

因为她的情感不再是荒凉与孤独，她的心有思念相伴，虽然心在想念中隐隐作痛，但却不再是空白。

因为，心中有爱她不再孤独！

也许，她的这种喜欢并非爱恋而是敬仰，是对自我审美高度的肯定。

在她的眼里，他是完美的，他有美好的外表、更有纯净的内心，他浑身上下弥撒着一种与生俱来的高贵、纯净的气息，这种气息感染着她，让她为之迷醉！

她沉迷于爱的想象，她只希望有一天他能拉拉她的手；她只希望有一天她能亲自沏一壶茶在只有她和他的环境中漫漫品饮；她只希望有一天能在有百合花飘香的净地一起弹琴唱歌品饮红酒，真的没有太过的奢望，仅此而已！

她的脑子里全是这个男人的影子，但她却又觉得这似乎没有可能。而，她却每天思念着这种遥不可及的梦幻，并且在梦幻中独享着自我臆造的一点点温暖！

思恋一个对自己没有感知的男人是可怜的，但也是幸福的！至少她不再会心无所想、情无所依，至少她可以在心灵一千次一万次地呼唤他的名字，可以心怀满足地告诉自己心不再孤独。

她的心室已经收藏了一个男人，一个符合她的审美意识令她惊喜、令她爱恋的男人！

默默地思恋是美丽的，虽然有一点点心痛、有一点点凄清，但有爱的心空就会有阳光！

佛是仁慈的！当我听到这个故事的时候，我很感动！我在想，一个女子深深地、默默地守望着一种完全没有回馈的爱恋，这得需要多大的精神力量，才能支撑，才能坚守啊！

于是，我想到了佛祖，相信佛能佑其美梦成真，送她一缕月辉的柔光，抚慰她寂寥而圣洁的心灵！

有容乃大

做一个心能容人、容物、容事的人，不仅能消除不必的烦恼，更能成就一种佛性。

——宗显法师

孩子再大，在母亲的眼里永远都是孩子。

我的母亲常说我心太软，没有一点心机和自我保护意识。

也许，母亲的看法并非毫无道理。但我却认为，对家人、对朋友，完全没有必要相互防范、用什么心机。

无论是血缘亲情、夫妻姻缘，还是朋友之谊，这都是上世修来的因缘，应该珍惜、珍重，应该相互包容。

但是，在修佛之前，我常常会因为自己的宽容与善意被人误解，心有委屈而不悦落泪。总觉得，自己对人真诚守信，也希望别人给予同样的回报。如果听到一点点不如己意的话，就会心里难过，甚至会愤怒，会感到深深的伤害。

记得我曾收留过一位没有住处的女子，她因离婚和失业，一时生活没有着落，处境非常艰难。我很同情她的遭遇，让她暂时住在我家，待她如亲姊妹般。

但是，她从我家出去以后，不仅没有半句感恩，而且还说："是她一定要我在她家陪她的，她害怕寂寞而我则充当了一个不花钱的陪护的角色。"

当这种话传入我耳时，我难过了许久！

要知道，我收留她仅仅只是因为她突然的婚变，在这个城市没有可以依赖的亲人、朋友、没有工作，与我谈起自己的遭遇时，而泪流满面。我是因为同情、心疼她，才决定留她住下的。

因为她的到来，因为保姆工作量的增大，还为保姆涨了薪水。

帮助她，我没想过有她陪伴我会快乐，更没设想她将来会对我感恩。帮她，只是因为当时她极需要帮助，我只希望我能帮她度过人生的低谷。

同样的事情，我做过三次，只有一位女子，她一直说："是你帮我度过了人生的低谷。"

有时候我就想，难道是我助人有错吗？

也许，是我的无意伤到了她们的自尊？

但回忆起来，我并没有什么伤人自尊的言语呀！要知道，我不是一个话很多的人，并且比较注意说话的方式。

我母亲却说："你的错不在于你帮助她人，也不是你无意伤到了她们，而在于你帮助的人，因为你帮助的人的心态存在很大问题。"

我母亲还说："虽然我不信佛，但佛一定也不会赞同你去帮助一个不该帮助的人，帮人就是舍，舍也要有所选择！"

曾经一想起那些事情，心里就觉得非常委屈、难过。

但自从学佛以后，我的心态改变了许多。无论他人说什么，都不会太过在意，我只求宽容待人、问心无愧！

记得一位佛友给我讲过一个故事：寺庙旁有一杂货店，店老板的女儿虽非花容月貌，但在这山野乡村也还算漂亮。因此杂货店夫妇希望女儿能嫁一个好人家，并且管教甚严。

然而，女儿在没定亲的情况下却怀孕了。

杂货店夫妇非常气愤，追问是谁的孩子。

女孩被逼无奈，居然说是寺庙里一位德高名重的禅师的孩子。

老夫妇非常气愤，气势汹汹地质问禅师。

没想到禅师却什么也不解释，只是轻轻诵吟"阿弥陀佛！"

孩子出生了，杂货店夫妇把孩子送到了寺庙，禅师接住孩子时，只轻轻诵吟一句"阿弥陀佛！"。

禅师从此名声扫地，但他却尽心尽力抚养婴儿。

数月之后，女子终于吐露实情，原来孩子的亲生父亲是邻村一位外出打工的小伙子。

小伙子打工回来了，得知自己的儿子交由他人抚养，心生愧疚，便带了重礼进禅院说明缘由，并赔礼道歉想要回孩子。

禅师依然只是轻吟一句"阿弥陀佛"，便将孩子归还于亲生父亲。

面对世俗的误解、侮辱、诋毁、恶骂，禅师不仅能坦然面对，忍辱、包容，同时还担负起他人不敢担当的抚养婴儿的责任。

如此以德报怨，如此的包容大量，实在令人敬仰！

当佛陀在世时，有位阿阇世王，为了夺取王位，害死了自己的父王频婆娑罗王。

阿阇世自立为王以后，开始心生悔恼。并且，遭遇弑父的罪报而全身发热生疮，臭秽不可闻。经多方疗治，病情不但没有减轻，反而越发严重。

有人劝请阿阇世，向佛陀求取忏悔解救，但他却仍自惭形秽不愿前往。

频婆娑罗王虽被儿子杀害，但他生前信佛虔诚，深知身心的虚幻无常。

对于儿子，他不仅没有任何的怨恨，而且在知道儿子的情况后，反而显灵劝告儿子：“我的儿啊，我是佛陀的弟子，我愿以佛陀的慈悲来原谅你！你去向佛陀忏悔吧，你所造恶业只有佛陀能解救你！”

在父王的宽恕和催促下，阇世王前往求见佛陀，因而得以获救。

频婆娑罗王他原谅了儿子，也从此升华了自己！

想想禅师和佛教故事中频婆娑罗王的坦然与包容，我那点委屈又算得了什么呢？！

俗话说，最大的是人心，最小的也是人心。做一个心能容人、容物、容事的人，不仅能消除不必的烦恼，更能成就自己的佛性。

也许，我给朋友的帮助之所以不能得到她的认可，也许是我做得不够好，没有让朋友在最为困惑的时候真正开心，这是我之失误！

有时候，一个人之所以能被人敬仰，受到人们的尊敬，并不在于他拥有多大的权力、拥有多少财富，也不在于他的相貌多么体面、知识有多渊博，而在于他有一个宽广的胸怀，能够容人之不能！

佛说，“有容乃大，忍者无敌！”

如果一个人能真正做到有容、能忍这四个字，想必，此人的精神之强大必是坚不可摧，同时也一定能人生圆满自在欢喜！

众生平等

人生的辉煌与灰暗,并非梵天安排,而取决于人自身的修持。人与人之间,只存在道德善恶大小之别,而不存在等级的高低。

——宗显法师

佛教是一个倡导众生平等的宗教。

众生平等,是佛教伦理最具特色的重要理论。

从伦理学上说,人与人之间的关系只有建立在相互平等的基础上,才是正觉、健康的。

人际关系的不平等,是不道德的,它意味着一方对另一方的欺压、凌辱、强制、剥夺,或者一方对另一方的依附、屈从、逢迎。

只有在相互平等的基础上,人与人之间才可能在处理人际关系时有真正的自觉自愿。

历史上任何积极的伦理学说,都无一类外地追求人际关系的平等。

我国儒学家强调,推己及人“己欲立而立人,己欲达而达人"，"己所不欲勿施于人"。

但儒家的观点，往往注重本性的平等，而不得不屈从于事实的不平等，以致把平等扭曲为平衡。

尽管儒家强调人性本善、人皆可以为尧舜。但却认定人性具有两重性，也就是说有义理之性和气质之性。而这两种人性的对立及其错综复杂，使得现实和个人在本性上不可能齐一，而只能相近，这就隐匿和肯定了人在本质上的不平等。

儒学创始人孔子有一名言："民可，使由之；不可，使知之。"对此，后人虽然注释不一，但有一点却是清楚的，也就是儒学家将世人分为三六九等，实际上是在强调权势拥有者的殊荣。如此之下，所谓的平等，也只是一种美丽的说词。

西方基督教也讲求"上帝面前人人平等"，但基督教中的平等，却是以不平等为前提的。

因为，任何人都不可能与上帝平等！

基督教认为，人与人之间的平等是上帝的恩赐，是原罪的平等，负面的平等。

佛陀时代的古印度，其实也是一个等级森严、极不平等的社会。

宗教界同样也存在各种等级，那种种等级森严而不可逾越，并且宣导社会的不平等是梵天决定的、必然的，是梵天大神的意志。在这种宗教思想的支配下，社会上层种姓不仅不关心、不救助下层种姓的痛苦，而且把对下层种姓的奴役看作自身高贵的象征。

也正因为这种不平等的社会环境，而加深了人们对平等的向往。

也因此产生了众生平等的佛教哲学思想。

佛教强调四姓平等，反对任何人为的阶层或等级，关心并矢志拔除民众疾苦，并宣导人生的辉煌与灰暗，并非梵天安排，而取决于人自身的修持！

佛陀曾说，人与人之间，只存在道德善恶大小之别，而不存在等级的高低。

《贤愚因缘经》中记载：舍卫国有一位名叫难陀的女子，她的生活非常贫困甚至靠乞讨艰难度日。

有一天，波斯匿王大举供养佛陀和他的僧团，红地毯从王宫一直铺到祇树给孤独园，沿路点满了国王大臣和一般民众供的油灯。

难陀看到这样的景象后，心里非常难过。她想："我因为宿世的罪孽，生来就贫穷，虽然遇到福田，却又没有种子。即使想要供养佛，也没有本钱，真是悲哀！"

想到这里，她心中无限感伤，并陷入了深深的自责和忏悔之中。

在忏悔中，她发愿：即便靠行乞，我也要供养佛陀！

于是，她继续行乞，以求获得给佛的一点微薄供养。

她一整天都在乞讨之中，一共讨到了一元钱。

难陀不假思索地把讨到的一元钱，拿去买了灯油。可是，一元钱太少根本不够点一盏灯。店主知道她是为了供佛后，便给了她足够点一盏灯的灯油。

难陀拿到油后，兴高采烈虔诚地为佛供了一盏灯。她把灯放在众灯之列，并且发下誓愿："愿我以此微薄功德，使我来世得到智慧之灯，消除众生的垢暗。"

当天夜里，精舍里所有的灯全都熄灭了，唯有难陀点的这盏灯还闪亮着。

这天正好是神通第一的目连值日。

天亮目连收拾油灯时，惊讶地发现所有的灯都灭了，只有那位贫穷女子点的那盏灯还在闪闪发光。

由于白天不需要点灯，所以目连想将灯熄灭，以便等到晚上再用。

但目连举起手，不断扇灯，这盏灯的灯火却明亮依旧，无法扑灭。

惊奇的目连又用衣服去扇，但灯光还是不能熄灭。

于是，目连和众人前去向佛请教。

佛说："这盏灯不是目连你这样的声闻所能熄灭的，纵使用四大海的水，狂猛暴烈的风，也不能令它熄灭！因为，它是发了大心的人所供养的灯。"

这时，刚好贫女难陀路过，佛陀便召唤她并为之授记："你应当生生世世都在光明之中！"并赐予名号"灯光"。

贫女获得授记，立即向佛要求出家，佛应允了难陀。

贫女点灯的故事，说明的正是佛所宣导的众生平等的精神实质之所在。

众生平等，就是要消灭人与人之间的对立、争斗、歧视，把他人看作是与自己完全一样的人，自己对他人没有任何特权或优越之处，也没有任何缺失而须依赖于他人。

每个人都具有完满之佛性，都希望断除烦恼、获得解放，只要真心修菩萨行、发大愿，就能为众生拔苦予乐，就能做到以平等、慈悲之心自利利他，自度度人。

良言善语如金似玉

> 语言之间最可积德，如见人为善，以一言赞成；见人为恶，以一言谏之；人有争讼，以一言解劝；人有冤抑，以一言辩明；以至勿讦人阴私，勿谈人闺阁，其功俱无量。
>
> ——宗显法师

人每天都要说话、每天都在说话，但是，言语的修炼不仅仅在于语言修辞的规范，更在于话语的内容、说话时的神态、语气。

“语言之间最可积德，如见人为善，以一言赞成；见人为恶，以一言谏之；人有争讼，以一言解劝；人有冤抑，以一言辩明；以至勿讦人阴私，勿谈人闺阁，其功俱无量。”宗显法师的开示，如黑暗中一束火光，给人以光明，将智慧之光点亮。

一句良言，如美玉令人喜爱、如午后的阳光暖人心房；一声赞美，如春天的柔风令人惬意；一声鼓励，如新鲜的血液注入生命的活力。

然而，一句自夸，会滋生嫉恨；一句恶语，会产生仇恨、甚至决斗与战争。

然而，往往喜欢搬弄是非、恶语伤人的人，如果不是心理阴暗，便是没有口德的人。

有言说，祸从口出，往往出言不逊的人都是生活、事业的失败者，或是即将沦为失败者。

多年前，我认识一位同事，他身上有常人不备的优点，他会张罗事、会见风使舵，并且非常健谈。在他需要你的帮助时，他可以把你夸耀得心花怒放，但一旦对他没有利用价值或不再给他利用的机会了，他便会把你贬得一文不值。

也许，那人确有过人的能干，他也有过较为辉煌的经历。但时间长了，与之共事的人便会觉出他的品性。

因此，最终他还是因为人品及言语不善，而在生活工作中处处碰壁。

也许，这就是佛所言的果报吧。

《法华经》曰："若有恶口骂詈诽谤，获大罪报。"

关于恶口，《贤愚经》中有过这样的记载。

在佛陀时代，有一位名蜜胜的和尚，他外出化缘，每次都能得到蜂蜜。

其他和尚觉得很奇怪，便向佛陀请教缘由。

佛陀说：密胜能得蜜，是他前世的因缘。

许多年前，佛陀在外出化缘的路上遇到一只猴子。猴子在树上向佛陀讨要化缘钵，佛陀不解其意，但还是把钵递给了猴子。

但当猴子把钵交还给佛陀时，钵里却盛满了蜂蜜，这是猴子供养僧佛的蜂蜜。

佛陀把蜜蜂分给随行的几位小和尚，小和尚们与佛陀一起享用着猴子供奉的蜂蜜，对这只灵性的猴子而心怀感恩。

猴子在树上看着佛陀和小尚们吃着自己供养的蜂蜜，非常高兴！猴子开心地在树上蹦着跳着，但是一不小心，却跳到一个大坑里摔死了。

猴子死后转生为人，他就是现在的蜜胜和尚。

小和尚们又问佛陀："那他前世为什么是只猴子呢？"

佛陀告诉大家："过去迦叶佛住世时，蜜胜曾是一个年轻和尚。有一天，他看见一位阿罗汉跳跃着过河，信口讥讽阿罗汉的姿势像只猴子。因此，犯下了恶语的罪过，所以转生便变成了一只猴子。"

一个人的一生会说很多话，但是什么话该说、什么话不该说，这最能体现一个人的德行与修持。

一句良言，能让人心情如鲜花绽放。

一句恶语能让人记恨一生，也给自己带来许多烦恼，给自己的人生造成许多障碍。

早在元代，王实甫在《西厢记》中写道："小姐金玉之言，小生一一铭之肺腑。"

意在用黄金和美玉来比喻可贵而有价值的言语。

俗话说，良言一句三冬暖，恶语伤人六月寒。

因此说，良言如金似玉，宝贵、温润、华美动人、令人愉悦，也给自己带来欢喜。

自由是永恒的欢乐

人类的生命过程是相同的，生命在生与死之间绽放。绽放过程中的欢乐与否，与人心灵的取舍有着极大的关联。生命就像一片肥沃的土地，如果你在泥土里埋下荆棘，就会长出弄伤自己、刺痛他人的利刺；如果你在土里种上玫瑰，就会绽放出美丽的花朵，人生便会弥漫着鲜花的馨气；如果你植上玉树，就会看到树木葱郁，人生便会有绿荫掩映。

——宗显法师

佛说，人的生是苦、老是苦、病是苦、死是苦。

佛又说，广种福田、觉悟净心，能离苦得乐。

因此说，了解痛苦之源，是获取幸福、追求永恒快乐的基础。

人类的生命过程是相同的，生命在生与死之间绽放。

绽放过程中的欢乐与否，与人心灵的取舍有着极大的关联。

生命就像一片肥沃的土地，如果你在泥土里埋下荆棘，就会长出弄伤自己、刺痛他人的利刺；如果你在土里种上玫瑰，就会绽放出美丽的花朵，人生便会弥漫着鲜花的馨气；如果你植上玉树，就会看到树木葱郁，人生便会有绿荫掩映。

生命的欢乐，源自于禅意自然的心境。

人生中的烦恼亦如快乐，都是源于自己的心境。当心灵变得博大，空灵无物时，人生便能恬淡安静。

一个人的心灵，若能如玫瑰似秋月般美丽超然，快乐便会自然而然地漫入心田。

鱼在水里游，鸟在天上飞，自然而又和谐。

拥有一颗平常的心，人生便会如行云流水回归本真，禅意便会自自然然地融入人生。

佛学思想中的禅境清净自然，实际上就是无限自由的释义。

自由，是人所拥有的美妙，更是生命的荣耀！

自由的生存环境、自由的思维空间、自由的行为，构筑起人生所有的欢乐与美妙！

有谁会希望被控制，有谁会希望被束缚呢？

佛说，主宰人类命运的不是佛，而是人自己。

佛是智慧的，佛不想控制人的行为与精神，佛把命运的主宰权交给了众生。

佛赋予人类的，实际上就是征服人生痛苦，获取快乐与自由的一种强大的精神！

现实中，我们常常发现，一些人总觉得自己是正确与对的代名词，把自己的观念与爱，泛施给在自己生命中最为重要的人。比如说，自己的孩子、自己的丈夫或妻子。

人们常常喜欢泛用着自己的爱，用自己的好恶来约束自己的孩子、丈夫或妻子。

特别是一些夫妻之间，情感强势的一方总是以自己所谓的爱去约束对方，不许对方这样、不许对方那样，时刻电话跟踪，甚至担心对方情商弱智被他人骗财、骗色等。

也许，这一切行为都是源于爱。

但如果一种爱，对被爱者造成了一种压力与束缚，这样的爱只会让人恐惧、窒息，最后被爱者将别无选择而逃离。

爱是一种很神圣的情感，是让被爱者感到快乐与享受！所以说，无论是亲情还是男女之情，爱应该给被爱者以自由！

因为，自由是众生快乐的源泉！

一株百合花绽放在山谷里，它吸吮着山谷之精气，自然、美丽、芬芳。而爱花者却强行采摘，百合也会流泪。花茎上点点滴滴的乳胶状的液体，便是百合花失去自由的泪滴。

一个人，如果被另一个人用爱之名来管制、掌控，我相信被控制的人生无异身陷牢狱，甚至比牢狱更为无奈。因为，在遭遇控制的同时，还要献上被索要的感情。

自由，是人类所拥有的特殊荣耀！

我们要珍视这种特殊的拥有！

佛所说的自然欢喜，就是人们所希望的自由与欢乐！

自由是快乐的源泉，但自由却不是随心所欲！

我们追求自由，要追求健康积极人生的永恒欢乐，而自由则是快乐的源泉！

感恩是一种高贵的品德

心怀感恩是一种高贵品德，是一种人生的至高境界。心怀感恩的人，心胸会开阔明亮，每时每刻会有一缕阳光温暖心房。

一个成功的人，他的背后一定有无数的人曾为之付出，当鲜花与掌声围绕的时候，不要忘记那些给予过自己帮助的人！

——宗显法师

人生，不是孤立存在的，人的一生需要感恩的很多、很多。

首先，父母给了我们生命，我们要感恩生养自己的父亲和母亲！

上学了，是老师给了我们知识、教给了我们做人的道理，我们要感恩老师！

进入社会，无论我们从事何种职业，成长的过程中都离不开他人的关怀与栽培！

所以，任何时候我们都要知恩，要心怀感恩！

感恩是一种品德，是一种人生的境界。

心怀感恩的人，心胸会开阔明亮，每时每刻会有一缕阳光温暖心房。

心怀感激的人，会减少很多烦恼、会多增一份快乐。

如果一个人不知感恩，漠视社会和他人给自己的帮助，觉得被人关怀理所当然，久而久之，所有的人就会在不知不觉中离他远去。

不知感恩的人，朋友会离他越来越远。

不知感恩的人，快乐会离他越来越远。

不知感恩的人，心里只有怨怼，怨天怨地怨命运。

关于感恩，我要讲述一个很平常却让我很感动故事。

在一个闹饥荒的城市，一个家庭殷实而且心地善良的面包师傅，把城里最穷的几十个孩子聚集到一块，然后拿出一个盛有面包的篮子，对他们说："这个篮子里的面包你们一人一个。在饥荒结束之前，你们每天都可以来拿一个面包。"

这些饥饿的孩子，仿佛一窝蜂一样涌了上来，他们围着篮子推来挤去大声叫嚷着，谁都想拿到最大的面包。

当他们每人都拿到了面包后，竟然没有一个人向这位好心的面包师傅说声谢谢。

但是，有一个叫小罗西的小女孩却例外。她既没有同大家一起吵闹，也没有与其他人争抢，她只是谦让地站在一步以外，等别的孩子都拿到以后，才把剩在篮子里最小的一个面包拿起来。她拿到面包后，并没有急于离去，她向面包师傅深深地鞠躬表示感谢，并亲吻了面包师傅的手之后才向家走去。

第二天，面包师傅又把盛面包的篮子放到了孩子们的面前。其他的孩子们，依旧如昨日一样疯抢着。羞怯的小罗西还是站在一步之外，这天她得到的面包比昨天的更小，她拿走盛在篮子里最小的一个面包时，仍然不忘给好心的面包深深地鞠躬。

小罗西拿着面包回家后，妈妈切开面包时，却发现许多崭新、发亮的金币从面包中掉了出来。

“妈妈，妈妈！你看到了吗，面包里全是金币呀！”小罗西惊讶地说。

罗西的妈妈也很惊奇！

小罗西捧起金币数了数，一共有十枚金币。

小罗西心想，十枚金币一定可以买许多许多面包吧！

这时候，妈妈告诉小罗西：“立即把钱送回去，一定是揉面的时候不小心揉进去的。赶快去，小罗西，赶快去！”

妈妈的话提醒了小罗西。

小罗西说：“对，一定是面包师不小心把金币揉到了面包里！好心的面包师一定会着急的！”

当小罗西把金币送到面包师傅的跟前，把妈妈的话告诉面包师时，面包师傅面露慈爱地说：“不，我的孩子，这没有错。是我特意把金币放进小面包里的，我要奖励你！愿你永远保持现在这样一颗平安、感恩的心。回家去吧，告诉你妈妈这些钱是你的了。”

在生存最底线的徘徊中，小罗西仍然能心怀感恩，这是一种优良的品质！小小的金币，是给她心怀感恩的奖赏也是感恩的回报！

人不是独行动物，人生的每一点进步与成功，都离不开他人的关怀与帮助。

“一个成功的人，他的背后一定有无数的人曾为之付出。当鲜花与掌声围绕的时候，不要忘记、不要忘记那些给予自己过帮助的人！”

心怀感恩是快乐的，让我们生活在感恩的世界里吧！我的上师常说：我们不仅要感恩帮助过自己的人，我们还要感恩伤害我们的人，因为伤害磨炼了我们的心志；我们不仅要感恩忠实于自己的人，我们还要感恩欺骗我们的人，因为被欺骗增进了我们的见识；我们要感恩鞭打我们的人，因为他消除了我们的业障；我们要感恩遗弃我们的人，因为他教导了我们如何自立；我们要感恩绊倒我们的人，因为他强化了我们的能力；我们要感恩斥责我们的人，因为他提升了我们的定慧；我们要感恩诽谤我们的人，因为他成就了我们的忍辱；我们要感恩侮辱我们的人，因为他成就了我们的力量；我们要感恩诬陷我们的人，因为他巩固了我们的戒律；我们更要感恩折磨我们的人，因为他拓宽了我们的净土！

让我们融入到感恩的世界中来吧，因为感恩是一种美德、感恩会让自己更加快乐！感恩的世界永远美丽明媚，感恩的世界永远阳光灿烂！

舍与得的轮回

人生是一个不断地“舍”与“得”的因果轮回，懂得舍得的人是智慧的、更是快乐的。

——宗显法师

生活中，人们常常会用到这两个字“舍得”。

“舍得吗?”或者“舍不舍得呀?”

“舍”与“得”组成一个词“舍得”。

简单的一个汉语词汇，却蕴涵着一种哲学与智慧。

舍与得紧密相连，也就是说有舍才有得。

我们常常说，一分耕耘一份收成，一份付出一分收获。

人生的许多东西，都是在付出中得到的。

农夫在耕耘中收获果实，学生在刻苦学习中收获知识，商人在付出中得到利益。

总之，人生在寻找得的同时，必须先有所付出。

正确地认识得与失，人就会在得到的时候，懂得必然的失落；也会在失落的时候，懂得如何从失落中找回自我。

舍得，是辩证的，是哲学的！

人生的过程，总会遇到这样和那样的得与失的问题。

一个富有的人，突然失去了所有的财富；一个身居高位的人，突然失去了拥有的权势；一个贫民，突然暴富；一个小官员，突然被晋升提拔。

以上的种种现象，天天都在上演、时时都在发生。

智者，不会因为得到而欣喜若狂，也不会因为失去而悲天悯人。

因为，人生的过程就是在得失中轮回。

今天的得也许会是明天的失，今天的失也许会有明天的得。

人在得到的同时会有所失，在失去的同时也会有所得。

人生只是一个过程，生命应该是最值得珍惜的！

有的人用透支生命时光去换取财富，却忘了追求财富最终的目的与价值，更忽视了财富买不回生命！

当今之世，似乎所有的人都感叹活着压力太大。

那么，这种压力源于何处呢？

这种压力大都源于攀比，源于对得与失没有一个辩证的认识。

贫民与富人攀比，富人与更富的人攀比。

名利权势所到之处，就是攀比存在之时。

诸多的攀比心态，造就了人生的种种压力与不安。

人生无常，名利权势都无绝对的永恒，对人生要求越少，就越容易获取快乐。

人的生命是美丽的，我们要享受生命的美丽！

有的人天天祈祷，祈祷能升官发财，结果却穷其一生，终究与成功无缘。

拥有和失去，是人生常有的事。人应该学会习惯于失去，并善于从失去中获得。

经一事长一智，受挫一次，对生活的理解便加深一层。

人生的过程，实际上就是一个舍与得、得与舍的反复轮回。

人的一生，除了血缘亲情不可选择，其他的一切似乎都可以选择。比如工作、婚姻、朋友、生活方式、人生态度等。选择的关键，在于得与失的关键点上是否正确、是否拿得起放得下。

人生的过程，得中有失、失中有得，也因为舍舍得得而使人生更加精彩。

予人玫瑰，手留余香。

当我们把玫瑰送给别人时，最先闻到花香的是送花的人，舍了玫瑰却留住了馨气余香。

关于舍与得，我记忆起佛祖须菩提的一个故事。

在舍卫国里有个名叫拘留的老人，他非常富有，却因为没有孩子而不开心。他日夜虔诚地向佛祈祷，希望能求到一个儿子。

老人的虔诚终于感动了天神。

天神现身对拘留说："拘留！你将会有一个儿子，安心等着吧！"

果然，拘留老人的妻子自从那一天起便怀孕了，后来生下一个儿子，拘留将他取名为须菩提。

须菩提已经长大成人了，他不但相貌堂堂，而且头脑聪明、心地善良。

虽然他过着富足而无忧无虑的生活，但他看到天下无数百姓都过着穷苦的日子时，便暗暗发愿要请佛陀指明众生解脱之道。

须菩提对父母说："父亲、母亲，儿子在家多年，接受父母养育的恩典，永远都不敢忘记。但是，我想帮助众生寻求解脱之道，希望你们允许我追随佛陀而出家。"

拘留夫妇虽然心有不舍，但却被儿子的心愿所感动。

于是，须菩提出家做了和尚，跟随佛陀认真修行。

不久，须菩提就证得初果。

后来，又在佛陀的弟子中首先修成阿罗汉。

佛陀的弟子阿难，对须菩提得道快速惊讶不已，恭敬地问佛陀："世尊，请问须菩提前世有什么功德呢？今生可以如此快速成就阿罗汉道？"

佛陀说："阿难！你问得好！须菩提他之所以得道很快，是因为他前世的因缘。"

原来，他须菩提的前世是个穷人家的小孩。

那时，有个和尚到城里化缘，好几天都没有化到东西，走遍城里都没有人肯施舍。后来，和尚遇到须菩提的前身。他人虽小、家里又穷，却有怜悯之心，他领着和尚回到家里，将自己的一份饭盒施与和尚，自己却饿着肚子。

和尚吃完饭，便借着神通力飞升离去，小孩看了心中欢喜无比。

后来，小孩转世降生在全城最富有的拘留家里成为现在的须菩提。

须菩提他舍弃舒适的生活而出家，他身在富贵家却心装受苦人，所以他得道迅速。

阿难赞叹道：“舍得、舍得，舍而有得啊！”

当代活佛星云大师曾说：舍，看起来是给人，实际上是给自己。给人一句好话，你才能得到别人回你一句赞美；给人一个笑容，别人才能对你回眸一笑。舍和得的关系，就如因和果，因果是相关的，舍与得也是互动的。所以，我们劝人不要把烦恼、愁闷传染给别人，因为舍什么就会得什么，这是必然的因果。

一个人如果舍弃了繁华与喧嚣，获得的却是心灵的清静。

一个人如果得到了很高的声誉或巨额财富，就意味着失去了普通人的快乐与自由。

人生所追求拥有的许多东西，需要我们不断地去选择、去割舍。

鱼与熊掌可以兼得的例子真的很少，人在得到的同时也会经历失去的苦涩。

在得与失中，要想作出正确的选择，是一件非常艰难而痛苦的事情。

所以，需要我们用放下、平和、淡然的心态来面对。

宗显法师说，人生是一个不断地“舍”与“得”的因果轮回，懂得舍得的人是智慧的、更是快乐的。

好好领悟：舍得吗？舍得！舍得！！！

禅定修心

禅如清泉能净心，禅若明灯能见性。学禅能够帮助我们深入地体会生命的实相，使我们的生命更丰富、活泼。

——宗显法师

从菩提达摩的双脚，踏上中国这片神奇的土地开始，菩提智慧的种子便飞到了中国！

是达摩，把禅宗送到了中国；是达摩，在中国人的心中播撒了菩提种子，制造了佛教在中国的传奇！

说到禅定，我们不妨了解了解禅定究竟是什么？

禅定，是大乘六波罗密之一，是佛教道德的一种修养手段。是用来修持心性，觉证、彰显本心的圆妙至善，是凝聚人之心力、摧毁内心的一切杂念与无明的修持。

禅定，将让人体验到崇高的心性本体，获得超越与完善、获得精神上的高度宁静与纯洁！

佛教把人的行为概括为身、心、口三业，也就是说身体动作、坐卧住行、饮食男女、社会活动等。

佛教认为，世间的万事万物包括众生自身，都只不过是心的幻象。

此心起时，宇宙万物与心俱起；此心寂时，宇宙万物则与心同寂。

佛说，心为万相之本！

把握了心，就把握了万物的本质。要把握万物的本质，就必须了悟心的本质。

禅修，实质上就是对人真实本质的完善与回归，更是一种自身心性的觉悟。

在纷繁杂乱、物欲横流的人类社会，倡导禅定修心，尤其显示出它的必要与实用。

在渲嚣与尘埃泛起的社会，人与人之间的信任、善意、道德价值观，已经发生了严重的缺失。

金钱的迷惑，淡化了人对生态、人道、廉耻、真善美、人类生存价值的认知。

其实，人的本性都是圆妙至善的。

禅定修持，并不是要在人的本性中添加什么境界与追求，而是觉悟、保持、复归心本的本体，清除、排斥、消除心性中本来没有的东西。

人心本为空寂，只是因为外物的侵入，而填充了杂质。

禅定修心，也就是息心，使心无知无虑、自然光明。

确切地说，禅定修持就是对自我本心的觉醒与回归，而不是去追求一个不确定的高远的境界，把不知不觉间装入心灵的杂念清理排除，这就是修禅。

人们一提到禅，就会不由自主地联想到森林、明月，就会想到清静自然一望无垠的原野，原野里盛开的熏衣草，以及自然生长的绿草、小花或者是丛林古寺。

其实，禅意存在于我们生活的时时刻刻、方方面面。

置身于渲嚣的都市，如果我们守住了自己的心，远离邪念妄想，守住了空寂，外界的一切不利于自心的行为，就不会影响自心的安宁。

佛曰：四大皆空。

世间万物皆为虚无，人的一生碌碌挣扎的困惑，到头还是一个空字。终极时，所有一切都将化为尘土。

世事如烟尘，万事万物，一如花落花开零落成泥碾作尘，成为宇宙里渺小的微尘。

如果一个人，真能了悟佛学禅意，这个人一定是快乐的！

不论他身处高处还是低谷，都不为外物所扰。只有这样，才会活出一种自然，活出一种随性。并且，能将一切虚无转化成内心的禅意！

这样的人活着是快乐的，一定是快乐的！

纠结，苍凉，其实只是人类自我释放的程度不够，达不到自己理解的境界，所以才会痛苦、才会茫然不安。

如果经常拭擦心灵上的污垢，把积累在心底的尘土像清理电脑中的垃圾一样清扫干净，相信烦恼纠结就会远离，人生便会自然洒脱。

我喜欢那些活得禅意的人！

禅意的人，即使活生在喧嚣之中、行走在红尘深处，依然素淡如一朵莲花、如一株玉树，清盈绽放、临风飘逸。

禅意的美，是自然绽放的绚烂！

禅意的人，气质纯净而高贵！

选择一种生活方式

人需要的不多，想要的太多。是故自寻烦恼，诸般纠结。

——宗显法师

许久没有静下心来写作了，工作之琐事占去了每天的许多时间。

仔细想想，这工作是为了什么呢？

人的一生是有限的，时间在一天一天地过去，生命在一天一天地减少，为何不放弃自己不喜欢的生活方式，过一种自己喜欢的生活呢？

我不能选择生活在丛林，我不能与树草溪流为伴，但我绝对可以选择关闭电话、放弃工作，选择一种深居简出的生活方式呀！

辞去工作，只与家人在一起，静下心来写写自己喜欢写的东西，好好地陪伴孩子成长，这不仅是我的愿望，更是我家人的心愿。

佛已经给予了我许多，我应该知恩、感恩！

我已经不再年轻了，喜欢美丽的我，却远离了美丽。不必相信那些客套或某些怀有企图的赞美。

无论男人还是女人，老了就是老了，衰老与美丽、帅气，绝对无缘！

深居简出、修养身心，潜心于某一种自己喜欢的事情，这也许是最明智的选择。

我喜欢写作，但是这几年我却一直没有静下心来写写自己喜欢的东西；我的女儿是我生命中的至爱，我却没有用全部的心思陪伴、培养她，成天为一些琐事而忙忙碌碌，而如此忙碌又不是因为生存之必须。

我母亲都说过：“如果你不出去工作，在家写写东西、教育孩子，你会更幸福一些！”

居闹市，依然可以静心修养的。

看书、写字、弹古筝，在有花草的园子里坐坐，在露台上喝茶，不一样很充实吗？

生活方式是可以选择的！

虽然，我不能离开都市，但是，在喧嚣中，自造一片净土；在纷繁中，独守一份安宁，这是只要用心就能做到的。

一直以来，我就喜欢简单，喜欢简单的人、简单的事，简单的生存方式，简单的思维方式。

南岳之行，更加深了我对简单二字的理解，更增添了我对简单生存方式的认知与向往。

因此，我似乎比从前清醒了更多。

记得宗显法师说过：人需要的不多，想要的太多。是故自寻烦恼，诸般纠结。

人生之必须真的不多，一日三餐、一张小床，这对现代社会的所有人都是能简单拥有的。

我不是一个欲望很高的人，三餐素食与简单的衣饰，对我来说已经足够。

虽然，也追求唯美，但唯美并不等于奢侈。

我喜欢过一种朴朴素素、简简单单而唯美的人生。

因为，简单是一种快乐、更是一种美丽！

放弃不必要的劳累与烦恼，过一种深居简出的人生吧！

在当今和谐与宽松的社会环境下，如果一个人真想改变一种生活方式，相信一定没有不可能！

无欲无求但不可随心所欲

人活着可以无欲无求，但不可以随心所欲。

——宗显师法

都市的喧嚣让我愈来愈觉得孤独！

这种孤独源于心灵，源于浮华的生存状态！

今夜的酒会隆重而华丽，而我却总是走神，在朋友的包围下我依然觉得孤独。每一个人都似乎兴高采烈，我也维持着这种状态，我知道今夜的酒会是朋友为我而开，我感激这位知遇之恩的知己！

朋友的帮助能让我的工作更加顺利，但我心灵的需求又有谁知谁解呢？

我时常想，拥有一份公职的目的是什么呢？

是薪水吗？是社会身份吗？

一月的薪水不够今夜酒会的消费，没有公职我依然是个能用文字表达思想的人。相反，微薄的薪水更添了一份牵绊、更增了一份责任。

人生真的太短，几十年、万余天，人的生命弱不可击，一切的一切都只是过眼烟云、过眼烟云。

人的一生总是不可能尽善尽美，上天总是给予人并不追求的事物。

有人向往丛林、海岛，憧憬在远离世俗与喧嚣的净土过一种唯美的人生，而上天给予的却是都市、是浮华；有人追求富有与华贵的人生，而上天在给予清贫生活的同时赐予一种爱的温馨……

我曾经透过车窗见过一场在我认为绝对美妙的场景。

一位年轻的丈夫拉着一板车蔬菜，妻子和幼小的儿子在后面推。这正是一个朝霞绚丽的清晨！

绚烂的阳光撒照在丈夫、妻子、孩子洋溢着幸福的脸上，是那么的美丽和谐！

也许，他们只是郊外的菜农，正拉着蔬菜去售卖，他们很普通，但却是那么的快乐幸福！

妻子一边推着板车一边与丈夫、孩子说着什么，脸上的笑容满溢着幸福，那种发自内心幸福的笑容，令见过的人好生羡慕！

也许，一个人如果对某一种事物追求太过，那么人所追求的事物却会相距遥远，越是向往、越是追逐的东西，而离自己也会越来越远，成为生命中的一种缺失。

许多人，在年轻的时候，并不懂得青春年少的美好，而一味地追求名利。但是，当功成名就时，却发现自己已经不再年轻，因此又返回来渴望青春与美貌。

但，上天的赐予是公平的！

上天总是给予你这个时期并不向往，而过去却十分向往的东西，或是你并不梦想，而他人却很向往的一切。

特别向往能拥有一幢远离世俗与喧嚣的茅草小屋和树林，向往在丛林深处种植百合与玫瑰，向往在丛林里拥有一群流淌着自己血液的孩子……

然而，这却只是一种遥不可及的梦幻。

但是，我的一位表姐说："也许，这不是梦幻！"

表姐说，我会帮你去实现你的梦幻！她建议我与她一起去建一个按我的理想设计的林业生态园，在丛林里种山茶花、建木屋……

我很感动地看着表姐，我说："你是商人耶，你真的会为我去丛林里筑建茅草小屋吗？"

表姐说："为什么不能呢？！"

无论表姐予我描述的梦幻能否实现，我仍然非常感恩，她有此心我亦感恩！

也许，我将仍然不能远离都市。

世俗牵绊着我的脚步，也许我只能以臆想来慰藉我心。

因为，我懂得人活着可以无欲无求，但不可以随心所欲，不可以随心所欲！

善良自有福报

善良的人往往会吃小亏，而得大福报！

——宗显法师

心地善良的人，脸上会洋溢出一种祥和的光彩，这种吉庆的光泽会增一份魅力、会添一种福气。

善良的人，为他人考虑得多、付出得也多。

善良的人，有时会觉得活得很累，有时会觉得很冤。但是，善良的人，能宽容别人。宽容别人的人，同时也是宽容了自己，更多的时候会觉得快乐欢喜！

善良的人，活得简单、活得踏实。

而简单、踏实地活着，有如春天的暖阳，能照亮别人、更温暖自己！

善良的人，往往会吃亏、甚至受人欺侮，但要相信“人善人欺天不欺，人恶人怕天不怕！”

天，在佛教里就是因果！

因果就是公道与平等！

人生一世谁都逃脱不了因果业报！

但善良的人往往会吃小亏，而得大福报！

生命无常要珍惜

每个人都拥有生命，但并非每个人都懂得生命，乃至于珍惜生命。不了解生命的人，生命对他来说，也许是一种惩罚。

——宗显法师

人类生于天地之间，只为宇宙万物之中的一个细小的粒子。

尽管人以其独特的属性和能力，而高于其他一切存在。

但是，人于整个宇宙及其流变而言，仍然显得渺小而微不足道。

在天地万物之间，无论是达官贵人、还是平民百姓，都只是无量恒沙河中的一粒沙子，只是宇宙过程中一点微小的火光，在无垠的宇宙中刹那间闪烁和熄灭。

但是，人又毕竟不同于其他生命或非生命的存在，因为人有自觉，有自主的意识，有能动的创造作用。

因此，人类在积极创造自己生活的同时，往往会不断地思考着生命的意义，探索人生的目的，追寻生命的本质问题。

正因为这种种探索和追寻，从而促进了人类精神境界的提升和本质的完善！

佛陀就是对人类生命的价值观、宇宙观，认知最彻底的人！

在佛教看来，人的生命也和其他存在一样无常无我。

一个人如果执著于生死，他就会陷于无穷烦恼，永堕轮回。

佛教倡导，要实现生命的永恒，就必须摆脱生死的羁绊，超越生死轮回。

人生充满着痛苦！

人的生命过程，无论富贵贫穷，都将遭受着精神上的种种折磨，生理上的生老病死，心理上的诸多不如人意。

因此，人生的烦恼将永无止境！

关于，人应该以什么样的态度面对生死？在这里，我要讲述一个令我震惊、震撼的佛教故事。

住在罗阅坻城的婆罗门，他常听说舍卫国的民众十分的孝养父母、信仰佛法、善于修道，并且供养佛、法、僧三宝。

对于舍卫国，他心中十分崇拜与向往，一直想去舍卫国观光并学修佛法。

有一天，他终于如愿以偿到了舍卫国。

在舍卫国，他看见有父子二人正在田中耕地播种。

忽然，有一条毒蛇爬到耕地的儿子跟前，并将儿子咬死。

那位父亲发现儿子停止呼吸后，脱下衣服盖在儿子身上后，又接着去干他的农活。

婆罗门见此情景，大觉惊奇！

便上前询问原因："你儿子被毒蛇咬死，你为什么还继续耕种呢？"

父亲却反问道："你从何方来，来这里是为了什么目的呢？"

婆罗门回答说："我从罗阅柢城来。听说你们国家的民众都孝养父母，信奉三宝，所以打算来这里求学修道。"

婆罗门又问道："你儿子被毒蛇咬死，你难道不难过吗？"

父亲说："人之生老病死及世间万物兴衰成败，都是自然规律，忧愁啼哭又有何用？如果因为伤心不干活、不吃饭、不睡觉，活着的人跟死人又有什么区别呢？你是要进城吧，路过我家时，请替我捎话给我的家人，说儿子已死，就不要准备两人的饭菜了。"

婆罗门非常震惊！

他进入舍卫城，来到死者的家。

他在见到那死者的母亲时说道："你的儿子已经死了，他的父亲让我捎话说，准备一个人的饭就行了。"

那妇人听后说："人生随缘而来，随缘而去。我这儿子生是赤条条来，死亦赤条条去，世上任何人都不能违反这一规律。"

婆罗门又告诉了死者的妻子，谁知妻子的回答也是如此。

婆罗门心中非常生气，对那女子说道："你的丈夫已死，你难道一点儿也不痛心吗？"

那女子默然不答。

婆罗门百思不得其解，决定去请教伟大的佛陀。

佛陀已明白他的来意，故意问他为什么忧愁。

他回答说："遇事不合我的想法，故而忧愁。"

佛陀又问："遇上何事不合你所想呢？"

他如实向佛陀禀告了他路上所见之事。

佛陀说道："善男子，这些人是真正明白人生事理的人啊！人生无常，伤心悲哀无济于事！"佛陀接着又说："世间俗人，如果能明白无常之道理，能明白佛法苦、集、灭的道理，烦恼、痛苦就会自然消除。"

婆罗门闻佛所说，恍然大悟："我真愚痴，不明佛法大义！蒙佛开悟，如在黑暗中见到光明！"

于是，他皈依佛法，并受持五戒，精进而修持出世之法。

人的一生，烦恼与痛苦如影随形，伴随着人的一生。

那么，我们怎样才能离苦得乐呢？

一个人，如果了解了生命的真正目的，了解了生命的实质，明白生老病死只是自然的规律，自然也就会变得明智而达观，同时也会减少许多不必的烦恼。

就像佛教故事中舍卫国的民众一样，彻悟了生命的无常，就能淡然地面对死亡。

佛教故事中关于死亡的故事，虽然太过偏颇，但佛说"人生无常，伤心悲哀无济于事！"却并不无道理。

一个人，如果面对生死能如此地达观。

那么，在短暂的人生中还有什么不能放下，还有什么值得人为之痛苦、烦恼呢？

人生一世，如草木一秋。

人所执著的一切，都只是虚光月影。

但是，人在了悟人生如幻、生命无恒之后，要注意不要进入误区而自暴自弃，而是要以一种积极的人生态度，断绝毫无必要的烦恼。

一个人，如果了悟了生命的无恒，而更应该热爱、珍惜有限的人生！

南朝沈约在他的佛学著作《因缘义》中说："凡含灵性，莫不乐生，求生之路，参差不一。"

凡是具有情识灵性的生物，都对生命有着积极的追求，只是每一个体求生的道路有所不同而已。因为因缘的差异，虽然生命的形式与生活的内容各不相同，但人对生命的热爱却是相同的。

人类社会的每一个体，都希望自己拥有一个辉煌的人生、拥有圆满充实的生活！

如此的憧憬，是人类希望生命长存、希望幸福永恒的祈盼！

人的祈望是美好的，但现实中因为宇宙的不居，使万物无法具有长住性，任何生命的存在，都将有它必然之终极——死亡。

死亡，是对生命的否定！

死亡，将会抹杀生命过程中所拥有的一切辉煌！

死亡，它一种神秘的力量召唤着每一生命个体的终极回归。

人生有许多的恐惧，而最大的恐惧源于死亡。

但是，死亡却并不会因为人们对它心生恐惧而改变。

人，只有在撒手西去时，才会顿悟、才会感慨：人生如梦，所有的奋斗、所有的努力都将在生命终极时化为泡影。

人的生命，渺小、脆弱而不堪一击。

生命终极固然让人心生恐惧，而佛教却强调不必畏惧死亡！

佛说，死亡向人类昭示了生命的意义和真谛！

佛教倡导人类通过死亡而了悟生死，而不执著于生死！

人生易逝，有如无垠宇宙中的一瞬。人类生命，与万物一样处于瞬息万变之中。

因此，人生的一切喜怒哀乐、境遇得失，都没有必要过余执著！

人生如同白驹过隙，尽管人之际遇有种种差异，或贫或富、或贵或贱、或美或俗、或苦或乐，但最终都将走向终极——死亡。

我常常想，汶川地震一夜倾城，所有的人生传奇、人世悲欢、富贵贫贱、灯红酒绿，都在那一刹那平等终结。

无论是死者还是幸存者，所有的拥有都在瞬间回归于尘土。

这正说明了，生命的无恒、脆弱与渺小！

一个人如果真正了悟了生命的真谛，面对人生还有什么理由不坦然、不宽容、不大度呢？还有什么必要去斤斤计较、执著于荣辱得失呢？！

如果，明白了佛教昭示的真谛，就会断除争强好胜之心，而专注于大道的修持，超越世俗、超越生死，在无恒的生命中获得永恒的快乐！

利乐有情

利乐有情，就是尽自己所能主动关怀他人，给他人带来快乐。

——宗显师法

依我的悟读，佛所说的悲是拔除痛苦、断灭烦恼，慈则是导引福乐，利乐有情。

去苦是为了求乐，让众生了悟人生之苦，是去苦求乐最原始的前提。

人只有在了解了苦与烦恼的源头，找到拔去苦难的方法，才能真正达到求乐的目的。

佛教中的四谛真如学说，就是让众生了悟苦之缘由与真相。

人们在了解到苦之真相后，才能寻找到拔苦得乐的办法。不了悟苦之根，就不能找到拔苦求乐的方法。不去苦，就无法领悟到真实的大自在之乐。不求乐，去苦也将失去它积极的意义。

求乐，就是以仁爱之心给予众生永恒的快乐与幸福！

佛教所言的乐，是梵文 Sukha 的译意，指身心愉悦的感觉。

佛教学说，对乐有种种诠释，并有“三乐”、“五乐”之说。

“三乐”为天乐、禅乐、涅槃乐。“五乐”为出家乐、远离乐、寂静乐、菩提乐、涅槃乐，并且对三乐、五乐各有分解。

那么，佛教所说的“三乐”、“五乐”的释义是什么呢？

“三乐”中的第一乐天乐，是指修行十善者生于天界而享受的种种殊妙胜乐；禅乐，是指修行之人在潜心禅修、身心清净、万虑俱寂中所获取的禅悦之乐；涅槃乐，则是指断除无明证得涅槃，生灭灭己的寂天之乐。

接下来，再说说佛教学说中的“五乐”。“五乐”之最为出家乐，出家乐是指脱离世俗的业惑与烦恼，入庙修行脱离俗世、超越尘世之乐；远离乐又为初禅乐，指初禅引领远离欲界的爱染烦愁，得智慧、观禅定而感受到的快乐；寂静乐又名二禅乐，指越过了初禅觉观散动的禅定，以寂静之心而发的胜定之乐；菩提乐，是指菩萨修成无漏菩提果，自受其乐，并以慈善之心将此乐转施众生而得其乐；涅槃乐与“三乐”类同，同样是指断除无明证得涅槃，生灭灭己的寂天之乐。

但总的来说，佛教提倡的乐，可分为两大类：一是现实的感官、精神之乐；二是超越的寂静、完善之乐。

利乐有情，它一方面要求随顺众生、资其所欲，尽自己所能满足他人的需求；另一方面，又要防止众生因利乐生贪，向众生昭示妙圆胜境，导引人们追求超越的完善与满足。

拔苦与乐、利乐有情，反映了佛教思想利他主义的特征。

拔苦与乐的慈悲行为，不是个人化的欢乐，而是纯粹的道义行为，这种“乐”不含有丝毫的功利色彩。

因此，也只有破除了我执的人，才能真正做到利乐有情。

我的一位朋友，在与我探讨佛教学说的“利乐有情”时说：“佛教学说所倡导的利乐有情，其实就是毛泽东思想的毫不利己专门利人。”

他说，毛泽东的二万五千里长征、八年抗日救国、打土豪分田地，其实就是最最典型、最最具象的众生平等和利乐有情！

我不敢妄评如此话题的客观性，但我认为，利乐有情与毛泽东思想的毫不利己专门利人的意义是不谋而合，是完全一致的。

利乐有情，也就是要求人们为他人和社会公众谋福利！例如造桥铺路、栽花种树、赈灾布施、扶弱济困等等，这都是慈悲为怀、抚绥沉溺的利乐德行。

佛所宣导的利乐有情，就是尽自己所能主动关怀他人，满足他人的需求，为大众谋福利，服务大众、为他人带来快乐、为社会营造安定与和谐！

我国传统的儒家思想，同样倡导仁爱，主张“己欲立而立人，己欲达而达人”、“己所不欲，勿施于人”，儒家思想的主张，从某种意义上讲与佛教伦理的慈悲观有其相通之处。

宋代范仲淹在《岳阳楼记》中云：“先天下之忧而忧，后天下之乐而乐。”乐以天下，忧以天下，把自己的忧乐融入天下民众的忧乐之中，以天下的忧乐为自己的忧乐，立志解除天下之忧，实现天下之乐。

范仲淹的忧乐思想，与佛教学说中的利乐有情，实质上也是相通相融的！

范仲淹的忧乐观，不愧为一种崇高而伟大的的志向！他把个人的快乐与幸福与天下大众的利益紧密结合，这是一种崇高的忧患意识，是范仲淹思想的闪光！正因为范仲淹思想意识的伟大与崇高，才有了《岳阳楼记》这流芳万代的名篇；才有了“先天下之忧而忧，后天下之乐而乐”的千古绝唱！“先天下之忧而忧，后天下之乐而乐”，这便是与佛教思想相吻合的利他主义，这便是佛教所提倡的利乐有情！

知福惜福

幸福没有尺度、没有模式,知福惜福,是获取幸福感的重要因素!

——宗显法师

我的一位闺蜜,在别人看来她的生活可谓是神仙过的日子,但她自己却常常会心情郁闷。

她常对我说:“我其实不像人看到的那么幸福。在这个家里,我是没有地位、没有价值的。昨天小玲问我,你老公有多少财产?他每年交多少钱给你?我就不知怎么回答,心里堵得慌。”

我说,每个家庭有每个家庭的具体情况,干吗要问这样的问题呢?

闺蜜却说:“小玲是关心我,叫我如何管好老公。她老公对她多好,生日知道送她礼物,情人节不忘送她玫瑰。我老公从来都没给我买过礼物、送过玫瑰。”

我笑了,笑着说:“正好,我种的玫瑰开花了,我拿剪刀去剪三支给你。”

她说：“你别逗我了，好像我真的是在乎这几朵玫瑰似的，我是在意那份心！你看人家老公多知冷知热，多在乎她，所有的钱都交给她。”

我只见过小玲几次，对小玲的生活状态也不甚了解，我也不了解能把所有财产交给老婆的是一个什么样的男人。

我的闺蜜却说：“我特羡慕老公每月领到薪水就交给老婆，天天晚上一家人高高兴兴一起吃饭的那种家庭。小玲就是这样的，小玲比我幸福！”

的确，小玲是幸福的！

一次我和闺蜜在国贸撞见小玲与丈夫手挽手逛街后，更肯定了小玲之幸福。

小玲的丈夫不仅年轻帅气，而且对小玲殷勤备至，并且自自然然不含半点表演成分。

也因此，我的闺蜜更加羡慕起小玲来，更加觉得自己不幸。

其实，上天是公平的！

我的闺蜜虽然老公不能每晚陪她用餐，虽然忘记了给她买礼物、送玫瑰，但她住的是几千万的别墅、拥有聪明可爱的孩子，有较高的学历、美丽的容貌，不用工作而衣食无忧。

要知道，她的这种生活状态，不知有多少人为之艳羡！而闺蜜却成日郁郁寡欢。

了解她的人，也许能知其心结，若是不了解她的人，一定会说她是无事生事，为赋新词强说愁。

当她向我抱怨的时候，我就会回给她一句：“知福吧！”

她却问:“你幸福吗? 你有小玲幸福吗?”

看来,无论学历有多高,长期待在家里都会待出问题!

我不想回答如此的问题。

闺蜜却说:“我想,你也并不幸福! 至少没小玲幸福!”

我只是把我的上师宗显法师的开示转告她:“幸福没有尺度、没有模式,知福惜福,是获取幸福感的重要因素!”

人总是这样,看别人的生活幸福如花儿朵朵,看自己则心生郁闷,总觉得自己有太多的不如意,这是典型的不懂得知福。

其实,人如果能够知福就能知足,因为知足常乐!

小玲在我们看来是幸福的,但小玲有一天却说对我的闺蜜说:“其实我也特别羡慕你,不用工作、不用灰头土脸地在家做饭洗衣,不用计算着钱币过日子,每天睡到自然醒,想做什么就做什么,这多适意啊!”

我不知我的闺蜜听到小玲的这番表白后,会有何触动。

其实,无论何种人生,都不可能尽善尽美。达官贵人有达官贵人的烦恼,巨富商贾有巨富商贾忧虑,贫 民百姓也有贫民百姓的愁苦,要想事事如意、处处顺心,这 恐怕只是一种美好的愿望了。

每一个人的人生,都有它美好的一面,只要懂得知福惜福、珍惜拥有、感恩图报,就会开心快乐!

生命是美丽的,我们要懂得生命的美丽,珍惜这种美丽!

任何一种人生都不可能尽善尽美,所以我们要珍惜已经所拥有的一切,让美丽的生命之花静静地绽放,绽放出幸福与快乐。

谦忍是一种美德

忍得淡薄可养神，忍得饥寒可立品，忍得语言免是非，忍得争斗消仇恨。事来之时最要忍，事过之后又要忍。人生不怕百个忍，人生只怕一不忍。不忍百福皆云消，一忍万祸皆灰烬。

——宗显法师

谦忍，是佛教伦理中极为重视的处世原则。

关于忍字，宗显法师开示：忍得淡薄可养神，忍得饥寒可立品，忍得语言免是非，忍得争斗消仇恨。事来之时最要忍，事过之后又要忍。人生不怕百个忍，人生只怕一不忍。不忍百福皆云消，一忍万祸皆灰烬。

谦忍，是一种处世哲学，更是一种美好的德行。

佛教特别强调忍字，在受到他人损害、侮辱、误会时，心中不起抱怨，能够承受自己所遇到的一切烦恼和痛苦，这就是佛教学说中所倡导的忍。

佛教关于忍字，做过许多的阐述，强调要忍嗔恚、忍忧愁、忍爱欲、饥寒、暑炎、干喝、衰老、病痛、死亡，忍他人的怨恨、攻击、侮辱等。

忍的根本精神，就是对他人加诸自己身心的任何侮辱、恼害，而不愤怒、不结怨，心不怀恨与恶意。

大乘佛教还把忍辱列为六波罗密与布施、持戒、精进、禅定、智慧，定为修持的六种基础方法，定为菩萨修行的基本德行。

晋代佛教学家郗超在《摩竭》中云："菩萨所行，忍辱为大。若骂詈者，嘿而不报；若挝捶者，犯而不校；若嗔怒者，慈心向之；若谤诽者，不念其恶。"郗超对忍辱的理解，与印度佛教基本精神是完全一致的。"

明代高僧德清，曾以天地江海为喻："天地大，以能含成其大；江海深，以善纳成其深；圣人尊，以纳污含垢成其尊，是以圣人愈容愈大，愈下愈尊。"

宋代高僧契嵩也曾有言："能忍人之不可忍，能行人之不能行。其无争也，可辱而不可轻。"

也就是说"忍"，其实不是一味的退让。

"忍"不是德行的目的，而是精进修持的方法和手段。

忍辱是对他人的宽容，能缓解人际关系的矛盾与紧张，建立和谐的生活秩序。

忍，是一种德行，是一种修养，忍者胸襟宽阔、胸怀博大。

说到谦忍二字，我记忆起一位佛友给我讲述的一个故事。

一个年约五六岁的小童子，来到佛前，对佛陀说："伟大的佛陀爷爷，请您赐给我长寿吧！"

佛陀和蔼地问："善童子！小小年纪为何要求长寿呢？"

"外道相师告诉我，说我福慧具足，惟受短命之报。慈悲的佛陀，愿您为我开示，令我寿命得以延长。"小童子恭敬地回答。

佛说："善童子！每个人所受的罪福苦乐，都是自己所造善业恶业的结果，不是他力所能主宰的啊！"

小童子失望地看着佛陀。

小童哭了，稚气的脸上挂着泪花。

佛陀走近小童子，为小童子揩去脸上的泪花，思忖片刻接着说："善童子啊！你若要求得长寿安乐，必须为人谦忍，对人恭敬。忍常人不能之忍，你能做到吗？"

小童子回答说："能！"

小童子听受佛语开示后，心中欢喜！

从此，将谦忍、恭敬，实践于生活之中。

数年过后，有一鬼王因与童子有宿怨，化成一个婆罗门，前来取命。童子不知是鬼王化身欲来加害于他，见婆罗门到家中来，小童子不仅恭敬礼拜，而且把家里最好的食物取来供奉婆罗门。

鬼王心想："此童子乃是大善之人，怎能加害他呢？应该让对人恭敬的人恒受恭敬，谦忍的人常得福乐才对啊！"

鬼王如此一想，瞋恚顿息，于是离别而去。

因为小童子的谦忍，而化解了宿怨，因为小童子的恭敬而免去了祸害、延长了寿命。

佛友讲述的佛教故事，虽然讲述的是人与鬼王的宿怨，但我们可否转换为人与人之间的故事呢?

生活中,往往会遇上许多有违自己意愿的人和事,甚至会遭遇无故的损害、侮辱或误会。但一个人如能像故事中的孩童一样奉行佛法、恒常谦忍、恭敬他人,甚至恭敬伤害过自己的人,自然也就能以德化人,从而自在平安!

记得我有一朋友,她因遇人不淑,一个曾经受过她恩惠的人,因生贪念意欲永久控制她。她想摆脱,但对方却像鬼魅一样软硬兼施纠缠不清。

她好言相劝、她破财求安、她强硬相对,方法用尽依然毫无效果。对方还是一日一变,今天给写保证书说只要能和好做好朋友,绝对不会纠缠不清。而保证书墨迹未干,又发来短信威胁、谩骂,甚至在网络上发贴诽谤。今天说,我看见你家哪间房的窗帘,一半是开着的,明天又在门前花园里扔一封情意绵绵的书信,并且一天打无数电话,电话不接便发无数的短信,有花言巧语、更有威胁恶言。

其实,他们之间仅仅只是因为长辈的引荐共过一件事而已,但对方却每天短信、电话令我的朋友心生烦恼,而不愿搭理对方。而对方却心生贪念,疯狂地纠缠。遇上如此恶心难缠的人,真的是一种不幸!

我劝朋友去求助佛祖、求助佛界高僧,同时也求助对方的长辈。高僧给了两个字"忍让!",朋友说我已忍了三年了!高僧说:"还是忍让!"

高僧为之做了一场佛事,朋友又再次找到了纠缠者的长辈,希望得到长辈的帮助与劝告。

也许是佛法的力量、忍让的功德，胡缠蛮搅了三年的恶梦终于终结！

有时候，我就想：遇上如此不按常规出牌的小人，如果朋友不是采取忍让，而是强硬以对，也许早已是两败俱伤。

忍让，也许不能感化恶魔缠身的小人，但却能感化小人身边的好人，能感动慈悲为怀的佛祖，最终能得到平安！

当然，佛教所说的忍字，也有其消极的因素，但是，在人际交往中，忍字的确能化解矛盾、增进德行。

因此，我们在学习佛教中的谦忍之同时，要剔除其消极的因素，借鉴其谦恭、宽容的积极精神！在虚怀若谷、心胸坦荡，克服狭隘心理之同时，不丧失是非善恶的基本原则，让谦忍之德绽放出绚烂的光华，照亮人生的征程！

女子貌美清若水

过分地追求外在的目标，往往会失去许多内在的美。

——宗显法师

“所谓美人者，以花为貌，以鸟为声，以月为神，以柳为态，以玉为骨，以冰雪为肤，以秋水为姿，以诗词为心，吾无间然矣。”花容、鸟声、月神、柳态、玉骨、冰肌、水姿、诗词心，这样的美人不仅明代诗人张潮为之动心，就连今人我等女流也为之心动。

“手如柔荑，肤如凝脂”，《诗经》中的卫君夫人、中国第一位女诗人庄姜可谓为历代第一大美人。

庄姜美人不仅有旷世之才，更有绝代之容，而且宽容大度、心清若水。

我喜欢美人，尤其爱慕姜庄！

我的脑海里，时常会出现一个超凡脱俗、貌若仙灵的女子。

我常常遐想，春秋时代的卫国王宫附近一定会有一片修剪整齐的树林，树林里会有蝴蝶飞舞、会有鲜花盛开，一袭鹅黄色衣裙的美人，游走在鲜花与蝴蝶之中，端庄、轻灵而飘逸，这貌若仙灵的女子，就是姜庄，一位美丽绝伦、诗情画意，并有安邦之德的卫君夫人！

姜庄的美，穿越千古“巧笑倩兮，美目盼兮”，庄姜的美惊艳、绝代、端庄、高贵。

美人如水，水一样清冽、水一样温情、水一样的柔德；美人似月，似月之宁静、似月之高洁、似月之圆润；美人如诗，如诗之灵动、如诗之含蓄、如诗之幽情。

古往今来，有多少痴情男子为之倾心，有多少君王为抱美人而弃江山、而荒朝政。

然而，美丽如花易谢！

不变的，却是一种凋零后的芳魂！

拥有美好面孔的人不少，然而，美若仙灵超凡脱俗、如水之清冽、柔美，具水之柔德的女子却寥若晨星。

曾经有一位漂亮的女子问我：“为什么许多男人都喜欢我，却一谈结婚就跑得比兔子还快？”

我问她：“相由心生，你信吗？”

她说她不信！

其实，人如果经历太多、心太世故，都会从相貌中表现出来。

生活不洁的女人，会在不经意时露出风尘意味；心机过重的女人，脸上会透着一种精明；心理阴暗的人，头上会笼罩着一团乌云；太过世故的女人，脸上写着俗气。

然而，行为端庄、心地善良、腹有诗书之女子，却能使美丽进一步升华。

欣赏美人不仅仅是男人的专利，对于女人的审美我也乐此不疲。

如果哪一天与一位美人偶然相遇，我会为之驻足、会惊叹赞美！

记得两年前来温哥华时，我见过一位华裔女士，她的英文名叫 Catherine。

在见她的一瞬，她的美丽感染着我、令我为之震撼！

她体态优雅、五官非常完美，并且，脸上透着一种圣洁的光彩！

她手指修长、声音柔美，浑身上下闪烁着一种极为迷人的光芒。

我看不出她的年龄，但却给我留下了很美的记忆。

在我见过的美女之中，还一个女孩给我留下了极深的印象。

这是我亲戚家的女孩。

她母亲说："我女儿大学毕业了还没男朋友，留心看看有没有合适的男孩子。"

大概有十年不见这女孩子了吧，女孩依着母亲出现在我面前的时候，我忍不住惊叹："世上竟有如此美而清丽的女孩子！"

她有着一双美丽清澈的眼睛，端正高挺的鼻梁下双唇红润如玉。她的下巴圆润而微微上翘，自然微微卷曲的长发披散着，身材高挑美丽、清丽而青春阳光。

记得小时候，女孩胖乎乎的。十年不见，没想到这女孩子出落得如此美貌。

我执起女孩的手，这是一双多么漂亮高贵的小手啊！

以“手如柔荑，肤如凝脂”来形容一点不过。

女孩不仅漂亮，并且毕业于名校且非常懂礼，没有一点点当下女孩子的俗气，如泉水一样清澈！

关于女子的美貌，我不由自主地记忆起一个佛教传说。

拘留国有一位婆罗门名叫摩诃密，是富豪之家，国王都拜他为师。

摩诃密虽然豪富，但生性悭贪，不信佛法，只要有利可图，无不争先恐后去求取。

摩诃密有七个女儿，个个都是花容柳腰，美貌无比，她们的衣饰均以昂贵的金银璎珞庄严着。

婆罗门因为拥有七个如花似玉的女儿，而非常自豪、骄傲！

有一天，一个人对摩诃密说：“你将女儿装饰了在街上行走一圈，假若大家都说美丽，我就给你五千两黄金，假若有人批评不美，你就给我五千两黄金。”

婆罗门对女儿的美貌，很有信心。

认为此行，既可得到黄金五千两，又能展示女儿们的美丽，一举双得！

摩诃密把女儿们装扮得更加美丽，让女儿们坐在花团锦簇的马车上去游行。

九十天中，她们巡游各地，见过的人无不啧啧赞美！

摩诃密自是兴高采烈，他不仅得到了金子，而且还展示了女儿们的美丽！如此这般，摩诃密依然还不满足！

于是，他带着七个女儿去至佛陀的祇园精舍，他希望能得到佛陀的一句肯定，以此抬高身价。

他对佛陀说：“佛陀！您游化各国，您有见过像我的女儿这么美的女郎吗？”

摩诃密以为佛陀一定会对自己的女儿大加赞美。

佛陀却说：“这七个女人，没有一点可说是美的。”

婆罗门摩诃密非常不高兴地说道：“拘留国中没有一个人不赞美我的女儿，你为何会说我的女儿不美呢？”

佛陀回答到：“世间上的人，都是以面容的美为准，而我认为，身能不贪细滑、口能不说恶言、意能不起邪念，这样才是美。”

婆罗门摩诃密无语。

美貌是与生俱来的，具有美丽的容貌是上世为人之功德，今世菩萨给予的恩泽。

拥有了美丽的容貌，一要珍惜菩萨所赐的美丽、要知道感恩！

更要加强德行的修养，正如佛所言“身能不贪细滑，口能不说恶言，意能不起邪念，这样才是美”。

因此，美丽不仅仅指容貌，内心的纯净与修养都会透射出一种光芒，会让美貌更加升华。

大家都知道“腹有诗书气自华”，其实德行的修养也能使人的气质更加华美！

我喜欢美女，喜欢如水清冽、具水柔德的美女！与之相处，如有一股清泉漫过心田、滋润心田。

禅林秋月令人醉

禅林秋月，法尔如是、自然而然。

——宗显法师

南岳广济禅寺的秋天，天高云淡、秋月如水。

秋月下的寺院古朴清幽，青砖青瓦、菏池如碧、绿树含烟、清幽神秘，有如陶渊明的世外桃源，静谧、纯净，空气中弥漫着清幽与禅意。

远离都市的渲嚣，置身于丛林深处如此禅境净地，心有无法言说的自在欢喜！

我则就像一只飞累了的燕子，找到了栖息的小巢；就像一个浪迹天涯的游子，找到了家园！

一路的颠簸劳累，在秋月下烟消云散。

俗世的无明忧伤烦恼，在不知不觉间，如夜间之山岚渐渐散去。

此时此刻，我似乎忘了我是谁、我来自何处？

我甚至觉得我就是这丛林的仙灵，每日餐霞饮露，不知人间今夕何年！

寺院香炉里的清烟，在月照下袅袅升腾。丝丝缕缕的香烟，在夜气中漂逸！

我沉浸于清幽、宁静、澄明的禅境，体验着一种绝对唯美的别样人生！

寺庙佛殿，莲花灯跳闪着，有如夜间绽放的花蕾。

我独自虔诚参拜，佛却沉默无语。

而众生所信奉的生命之贫富荣衰、轮回过往，却在这袅袅香烟里、在佛之静默中，化着某种预言、先知在静夜里悄悄传递。

丛林南岳广济禅寺的秋色，静谧、纯净、唯美、神秘，并弥漫着些许的浪漫气息。

我迷醉于如此的秋色！

记得未到南岳广济禅寺之前，每年的秋天我都会去贵阳高尔夫度假中心小住。不为挥竿，仅仅只为森林环抱的茵绿球场；只为湖景别墅窗下的山湖，山湖树林里悠闲自在行走的白鹤；只因那里有可一边以观山林、湖景，一边品饮红酒的西餐厅；更因那里有粤菜餐厅厨师特制的绝对的味美佳肴……

然而，那曾经令我留恋的景物，却在我进入南岳广济禅寺的一瞬悄然淡化。

这里没有精美的绿地，却有宁静神秘的原始森林；有终年不息的溪流；有宛若游龙的青石小径；有佛、有天籁梵音；有往来如外出回家的佛子；有书墨的清香；有幻梦中筝箫和合的共鸣！

我静静地坐在山石上抬头看月，圆圆的秋月高高地挂在树梢，在月辉的浸润下，丛林更加静寂！

我喜欢这种美妙的静寂！

一缕轻轻的夜风，卷起我的直发，润润的、软软的，一如月辉胧罩中的心绪。我行走在青石小径上，月光下山石上绒绒的青苔依稀可见，散发着一种浅浅的、淡淡的馨气。终年不息的溪流，在山石间鸣唱着，那样的美妙，那样的悦耳动听！

此时此刻，我真想跳舞、唱歌，我真的唱起歌来！虽然，我的歌唱没有受过训练，算不上动听，但此时此刻的我却只想歌唱！

置身于如此秋意禅境的佛家净地，我心似入禅境，思绪飞扬！

真想驾一尊古筝，在秋月下、在荷池旁弹奏一曲《汉宫秋月》，以清幽的旋律韵叹中天皓月渐渐西沉，大地归于寂静的玄妙与神秘，而非皇室宫女面对秋夜明月的凄婉、惆怅。

月辉如氤氲的温泉，滋润着我的发丝。

我沐浴着这暖流般的清辉，浸润在秋夜禅意的唯美之中！

感恩佛祖赐我如此小栖的净地！

秋月禅境，我为之沉醉！

浪漫丛林

谷寂清泉响，楼幽翰墨香。

——宗显法师

一直以来，对于丛林我仍具有深深的向往。

我曾经在温哥华居住了两年，遍布于住所前后的冷杉，茵茵的绿地，以及远不见人的环境，的确让我有种置身于丛林的感觉。

每一个晴朗的清晨，我都会穿着宽松的晨褛在草坪的木椅里小坐一会，或是依着木茶桌喝早茶。喝茶时，不时能听到从冷杉叶隙里传出的鸟鸣，那种感觉犹如置身丛林，清静、自然、唯美。

我是喜欢丛林的，从小就喜欢！

如果，在大海和丛林之间选择，我会不假思索地选择丛林。

大海虽然宽广，但丛林却更加丰富、神秘。

我喜欢带有些许神秘色彩的浪漫；喜欢在山岚弥漫的丛林里行走；喜欢看在我的视线内，却在远处绽放的花丛；喜欢远距离地聆听洞箫和古琴的音韵……

我时常想，如果我能生活在丛林，如果我能在丛林里建一间茅草小屋，如果能在山月朦胧的秋夜，我能架琴于溪流旁，随心拨动古筝琴弦，让溪水为我的筝音伴奏，那是何等的唯美浪漫，何等的自然禅意呀！

温哥华犹似丛林，却不是丛林的美景，它终究没有留住我的脚步。

回国后，我也曾一度迷恋过高尔夫球场度假中心的美丽。但总觉，这一切都太具匠气，所有美丽的细节都是雕塑而成，少了一份自然之清静。就像一位沾满尘埃漂亮、帅气惊艳的明星，与深居简出才高貌美的大家闺秀或公子的区别，这种美丽的差异是巨大的。

太具匠气的美丽，无法留住我的脚步，无法激发我永恒的牵挂。而南岳丛林深处的广济禅寺，却让去过一次的人深深怀恋与牵挂！

因为，这里不仅有充满禅意的人间美景，还有一座庄严而典雅的寺庙，寺庙有一位传播"净心第一，利他至上"的得道高僧，有香烟袅袅、晨钟暮鼓。

也许，人们在激烈竞争的同时，内心深处对宁静与自然有着更深的向往，而山谷丛林的美妙与佛学禅意，正好吻合了人们心灵的憧憬。

人的本性是善良与美丽的，无论尘埃将原本美好的心灵污染到什么程度，都依然向往着美丽与善良。

也因此，往来于丛林深处、寺庙佛殿的，有虔诚善良的人们，也有心被污染的人。

但不管他是什么样的人，佛却宽容地接纳着一切众生。

佛希望所有的人能够了悟人生真谛而弃恶从善，回归本心的光明！

人是社会的一个细胞，世俗的牵绊，人们无法放下都市的喧嚣，而回归自己心灵的向往。

也正因为无法回归，才觉悟出丛林深处美妙、浪漫的可贵！

我不知道，常年居住在广济禅寺周边的农夫是否也有如此的感觉?！

但我认为，这些山野村民是幸福的！

他们不仅能自由自在地与都市的生活对接，而且可以随心随意采菊东篱，闻听香火梵音。

我甚至设想，如果我能是这乡野山村的村妇，如果我也生活在如此灵动飘逸的丛林，我将会在这里建一幢美丽的小小木屋，在丛林里种植百合与玫瑰，在丛林里养殖蝴蝶，用百合制造香精，用玫瑰酿造红酒，让蝴蝶飞舞于丛林，而我则在花香和蝴蝶弥漫的丛林写世界上最最唯美浪漫的小说，把佛学禅境融入文字，唤起众生对善与美的追求与向往！

“谷寂清泉响，楼幽翰墨香。”这幅出自高僧宗显的对联，不仅描述了山谷丛林、清泉流淌的静雅，更赋予了一种特殊的翰墨气息，赋予了一种浪漫神秘的精神与力量！也正是这种无形的精神与力量，让去过丛林广济禅寺的人永远牵挂与怀念！

不必惧怕衰老必须承认衰老

心灵美容比身体美容更重要，没有一颗美好的心灵，身体装饰得再漂亮，也不庄严。禅修，就是给人的心灵美容。

——宗显法师

我是一个追求唯美的人，希望有美的容颜、美的心态、美的环境、美的人生！

但是，谁又能完全尽善尽美呢？

人生中，总会有这样和那样的不足与缺陷。

很小的时候，喜欢读书，并在高中毕业谈人生理想时说："我希望有一幢茅草小屋，门前有一个紫藤花架，我可以穿上很漂亮的长裙，坐在花架下看我喜欢看的书。

我的理想是那么简单，简单得让同学们觉得我这个人太没远大理想。

一直以来，我就渴望恬淡平常的人生。但是，恬淡平常，却不妨碍我对美的憧憬。

我喜欢美的人、美的物、美的心境、美的环境，与我交往的朋友首先我希望她(他)有美的容颜，然后必须有美的心态。我真的想象不出如果与长相太难看的她(他)亲密交谈，会是一种什么样的感觉？也因此，我身边的人基本没有太难看的，就是找保姆我也不找长相难看的。

喜欢美，大概也不是一件坏事吧?!

特别是自己已经不再年轻的时候，对于美更加敏感。

无论在哪里发现一个漂亮的女孩子，我就会停下脚步多看几眼，并且对我身边的人说："你看那女孩子真漂亮！"但每每这种时候，男人会赞赏我的审美意识，女人却不以为然地说："其实，她就是年轻！"

是啊，年轻就是一种美呀！

现今社会，许多30岁、40岁的女人还开口闭口我们女生、我们女孩。

我认识的女子中，就有大把的称自己为"女生"或"女孩"的！

偶然，我与她们探讨关于衰老的话题，她们总是很自信地说："我没觉得我有多老啊！"

我惊叹、更羡慕她们的自信！

但不知为何，我总觉得女人过了30、男人过了40，就开始衰老了。

衰老并不可怕，但岁月的痕迹是挥之不去的。

虽然现代整容业很狂热，但真正很成功的，又有几人？除了绝少几例整容后变得年轻美丽了以外，大部分人都留有整容后的痕迹。看看文艺界那些老演员不自然的吊巴眼睛就知道，那些就是整容后的败笔。

所以说，青春年少真的是一种千金不换的美丽！

年轻的时候照镜子是一种愉悦，但现在照镜子时，总会发现自己的脸上、眼角上又多了一道细纹。

这与时俱增的细纹，是时间留下的记忆，即使再高档的化妆品也抹之不去。

因此，我知道自己已经开始在衰老，衰老了就该正视这种衰老、承认这种衰老。

我在年轻的时候，并没有关于年轻与衰老的概念，也没觉得年轻有何美丽。

然而，现在我却对美丽（仅限容貌美）有了自己的审美与认知。

当我知道什么样是容颜美丽的时候，却发现美丽已远离而去。

我发现自己已在慢慢变老！

我承认衰老，但并非是惧怕衰老！

我也希望像我一样不再年轻的女子,能正视这个问题。

记得有一天,因为某种原因,我与一个已过40的女子在一起完成一项工作,这个女子什么都好,但她那“哇噻”、“哎呀”、“我们女孩子”之类的用词,加上她特年轻的神情做派,让我一天都沉浸在一种反省之中。

我的言行是否也与自己的年龄不搭调呢?

我的心态是否也出了问题呢?

我的这种反省心,也许过重了一些。

但无论如何,人必须要尊重生命的自然规律,无论是男人还是女人,举止言谈一定要与自己的年龄、形象相吻合。

如果一位年轻美貌的女孩偶然撒娇是一种美丽,但如果一个形象粗俗又不够年轻的女子不分对象、不分场合地撒娇,真的不是一道美丽的风景。

所以,我常常提醒自己:千万,千万别不知老!

“心灵美容比身体美容更重要,没有一颗美好的心灵,身体装饰得再漂亮,也不庄严。禅修,就是给人的心灵美容。”

我很认同宗显法师的开示!

一个人心灵的美丽,的确非常重要!

有道说相由心生,一个人心灵的美好会体现在人的举止、神态之中,美好的心灵会给人照上一层祥和而圣洁的光芒。

但是,如果一个人在拥有美丽的容颜之同时,拥有一颗美丽的心灵,这且不是完美之极致?!

我欣赏这种美的极至!

大地无言人有情

大地养育着众生，却遭遇到人类的严重破坏。希望佛教能唤起人类对自然的尊重。宇宙万物共存共荣的基本准则，体现在一个生命对另一个生命的尊重与关怀，地球亦有生命！

——宗显法师

佛教，是一个重视自然生态的宗教！

自古以来，寺院建筑讲究与山林融和。

僧人修行，力求淡泊简朴。

高僧大德，喜好植树造林、整治河川、修桥铺路、倡导戒杀、素食、放生、护生。

佛陀，他更是欢喜在幽静的森林中散步经行，喜欢在寂静的大自然中沉思冥想。

佛陀降生在蓝毗尼园的无忧树下；他在茂密的森林中修持苦行；他在菩提树下夜睹明星而证悟宇宙的真理；他在鹿群游走的鹿野苑初转法轮；他沿着恒河流域弘法度众；他在拘尸那罗城外

的娑罗双树下涅槃。

佛，与大自然有着密切的联系！

然而，随着人类文明的进步、科学的发展，佛所崇尚的自然禅境，也日益受到人类的威胁。

人类对地球的破坏，已经达到前所未有的惊人程度。

由于人类对地球的破坏，将使得自然界更加可能出现突变，气候变暖、冰川消退、臭氧层出现空洞、空气（水、土壤）等严重污染、各种自然灾害、瘟疫和人类的怪病频发。

当人类肆无忌惮地制造出破坏性或危害性的物质，疯狂开发和掠夺地球资源、享受地球资源带来的所谓富贵之时，人类的灾难也将在悄悄地来临！

大地养育着众生，却遭遇到人类的严重破坏。

大地就像一位宽容的母亲，包容着人类子民的肆意践踏，森林、海洋、天空、地壳承受着人类的严重的破坏。而大地这位宽容而无言的母亲，却在她的承受超越极限时，以她独特的方式发出抗议。

冰川消融、地震、海啸、火山爆发、冰灾，这是地球母亲负荷超载无法承受之时，对人类的愤怒与呐喊！

我曾经去过许多佛教圣地，因为人为的多元开发，许多佛教圣地不仅失去了它的清静神圣，甚至被弄得乌烟障气。清静自然的佛殿前，穿梭着僧尼装扮，却行使着商业推销的红男绿女，让满怀虔诚的香客望而却步。

一直以来，佛教便是一个崇尚自然，重视生态的宗教！

佛陀，是尊重宇宙、尊重地球、尊重众生万物的！

佛教一直以来都倡导心灵道德的觉醒，引导人类尊重生命、尊重万物众生，尊重自然。

地球与人类一样，也是有生命的！

一个生命对另一个生命的尊重和爱护，是宇宙世界万物求得共存、共荣的一种基本准则。

而今，地球却像一个受伤的老者，在他的众多子孙中，关心他的人往往敌不过伤害他的人。捕蛇擒雀、砍伐森林、排放废气、开采矿藏……人们互相攀比着从地球上索取得来的成果，攀比着以污染地球为代价换得的钱财。

当蓝藻、咸潮逼得到我们望水兴叹时，有人焦急了，有人愤怒了。

当沙尘暴遮天蔽日时，有人恐慌了，有人迁居了。

当冰川慢慢融化、海平面逐渐升高时，有人忧虑了，有人惊恐了，有人害怕了。

但是，人们想过没有，这种种自然现象的改变，都是因为人类对地球不尊重、严重摧残所导致的后果。这些恶果都是人类自己种下的，是人类造业深重的恶报。

对于地球，我们不要因为她的无言与包容，而肆无忌惮地摧残她、毁坏她！

人类和地球之间，应该建立起相信、相尊的关系，从而达到人类的文明和地球的永远温柔与美丽。

善待地球，善待这位沉默无言的万物众生之母，是人类的责任，更是人类自由快乐之所在！

关于世界末日的对话

宇宙世间没有恒常不变的存在，它无时无刻不在变化。

——宗显师法

世间一直盛传，到 2012 年，地球将会两极倒转，地球外壳和表面将会突然分离，地心内部的岩浆将会喷涌而出。

传说，分离的大陆将会将整个人类填入大海，地震、海啸、火山以及其他灾难将会一起出现。

这是数千年前玛雅人曾经的预言，并且预言这一天在 2012 年的 12 月 21 日发生。也就是说，今年冬至这一天，地球将走向毁灭。

如果这一预言最终成为现实，那么留给人类的时间将只有短短的几月之久了。

毫无疑问，古玛雅人关于世界末日的预言，势必让一些人陷入恐惧之中。

为了消除这些人的担忧，英国《每日电讯报》对一些可能以及不可能出现的威胁进行了评估。评估得出的结论是，在这些想定中，有些现象有可能在真实世界中发生，例如灾难性太阳活动或者超级火山喷发，有些则完全是一种虚构的威胁，例如科幻影片惯用的外星人入侵等等。

2012年的12月21日是否将是世界之末日？我们无须考究预言的准确与否，但宇宙万物的无常，万事万物都有它的终极。

关于世界末的问题，佛陀曾考问众生：如果在地球终极的前夜，只能做一件事，你会做什么？

富人迦利说：我会向大地散尽我所有的财富，仰天大笑。

密励方丈说：我会召集所有的佛子诵经，为众生超度来世。

穷人哈力说：我会把我家腌制的盐鱼，全部煎煮好，让全家人好好吃一顿饱饭。

官吏奥莉说：我会把我为官收受的物赂，抛弃在垃圾堆里。

老人贝利说：我要拉着我的儿孙，亲吻他们的脸颊。

只有一位女尼默默无语。

佛陀问：你呢？你要做件什么事？

女尼轻轻地回答：我会亲吻您的手指，直至生命与地球一起终结。

佛说：宇宙会历经成、住、坏、空四个阶段，物质和生命会被火灾、水灾、风灾毁灭！

佛说：世间万事万物都不可永恒，但是地球终极的日子离人类还很遥远……

君子比德如玉

玉石，它不仅仅是一种美丽的石头，而且渗透了民族的血液与东方文化之精髓。

——宗显师法

一块美丽的玉佩，一只完美的玉镯，想必是每个女人心爱的宝贝！

我是一个普通的女人，所以我也喜欢美玉，且喜欢到了一种迷恋的境界！

在我国，玉石有着悠久的历史和独特的涵义。古往今来，人们把一切美好的东西以玉喻之，并有"君子比德如玉"之说 。

我国古代圣人孔子，也非常喜欢玉，他喜欢玉之温润，喜欢玉佩轻叩发出的清越之声。

于是，他对玉大加赞赏，并赞其有"十德"：君子比德于玉焉，温润而泽，仁也；廉而不刿，义也；垂而如坠，礼也；叩之其声清越，以专其终，诎然东也；暇不垮瑜，玉不掩瑕，忠也；孚尹旁达，信也；气如回虹，天也；精神贯于山川，地也；圭璋特达，德也；天下不贵者，道也。

我也喜欢玉，喜欢温香的软玉，也喜欢碧绿的硬玉。我没联想到玉之十德或者五德，我喜欢，只因为它的美丽、它的温软！因为它在地底沉淀了百年、千年，今日得见天地日月而绽放出的夺目的光华！

因此，每年我总会认认真真地逛一次玉器城，在众多的美玉中，我常常会欣喜地发现一些非常美丽的宝贝，无论自己“财务”有多不便，都会精心地挑一两件，放入我的收藏柜里。

今天我们又来到了玉器城，在玉器城里很认真地闲逛。一位新招的售货小姐把我当成了购物大户，紧跟过来推荐导购。我在挑选美玉时，最不喜欢他人来导购评说了。玉配有缘人，我要独自找到与我有缘的那件宝贝。于是，我告诉导购小姐，我喜欢自己挑选。

逛了足足一上午，挑选一只和田玉镯，和一棵玉白菜！白玉料雕刻的白菜倒是不贵，但那润如羊脂的和田玉镯实在是太贵了，我看了又看还是放回了原处。

可是，这只镯子实在是太可爱了，为了自己的心爱之物，咬咬牙还是掏出了银行卡。金钱在账户上只是一个数字，但爱物却不可多得！

美玉当然是我喜欢之物，但是任何美玉却不能与我女儿的快乐相提并论！

记得女儿刚会玩玩具时，我刚选回两只玉镯在一旁欣赏，女儿发现后拿了过去，一手一只开心地碰碰。我母亲过来强行拿开了，女儿哇哇大哭起。我赶忙把镯子给女儿，女儿破涕笑了。小孩子的力气小，镯子并未受损。

现在我女儿已经九岁了，她特别懂得珍爱东西。她自己的玉佩都是她自己保管。并且，女儿也很喜欢美玉！而且是“很绿很绿的美玉”！

红酒虽美佛子须戒

反省是智慧的果实，反省是进德的阶梯，反省是修学中重要的功课。

——宗显法师

我喜欢红酒，喜欢酒的色泽、喜欢液体里弥散出来的淡淡幽香。我喜欢在月夜，在有百合花飘香的露台，在月辉的浸润下，慢慢地品味。

月辉夹杂着一丝丝凉意，轻抚着肌肤，轻淡的夜露让我的发丝滋润而有些许的湿意。

饮酒时，摆一桌菜肴是我最最不能接受的细节。

因此，喝酒时，我只吃一点点花做的蜜饯和水果。

我只与很好的朋友饮酒，并且只与容貌美好的朋友饮酒。微醉时我会借着酒意幻想，让幻想安慰我唯美干净的心灵。

置身于凡尘俗世，人生舞台上我尽可能地扮演着一个世俗能接受的角色，虽然只是个小小的角色，我也扮演得极为认真到位。

然而，只有在夜深人静、在没有打扰的独处时、在这月光下的露台上，喝了一点点红酒的我，才是最本我的自己。

我喜欢百合花的甜香，我喜欢淡淡的月光，我喜欢隐隐约约的黛色山峦，我喜欢涓涓流淌的山泉，我喜欢丛林里的花草树叶……

我的内心会有许许多多的喜欢，只是我喜欢的事物都恍如隔世之遥远，但依然不妨碍我对美好事物的敬仰！

远远地遥望美好的事物，也许这也算是一种审美的至高境界吧！

酒意伸展着我的幻想，我记忆起近些日子的夜晚，总是做与同一种事物有关的梦，梦境唯美得令我心醉。也许，是佛怜我，托梦予我，慰藉我心，感恩佛祖！

适量的红酒，也许真的会有益于心情的释放、会有益于舒经活血。

但是，过量的红酒，依然能让人迷醉而言行失控。

记得在皈依之前我请教过上师，师傅说："在家菩萨，少量的饮酒，不酒后乱性就无大过。"

无大过并非无过吧，如果希望保持清醒，还是不饮酒为好。

我喜欢红酒，曾经收藏过许多的红酒。但是，因一次心情不适的醉酒，酒后说了许多不该说的话，对所有在座的人一一点评，虽然客观但却有人听后开心、也有人听后不悦。让人不悦，虽非我之本意，但醉语已出，泼水难收。

后来我知道，酒后能保持清醒，知道什么可说什么不可说，那是因为并未真醉。

真醉后，情绪和行为其实都是不可控的。

红酒是美丽的，但是为了做一个快乐而清醒的人，我还是决定放弃我之喜爱的红酒。

百合供佛花香禅意

香花迎、香花请，香花供佛，佛佑众生。

——宗显法师

在众多的鲜花中，我最喜欢百合花！

在插放百合花的时候，喜欢配几支富贵竹，让粉色的百合，透过鲜活茵绿的叶隙静静绽放。

无论春夏秋冬，我总会在花瓶里插上几支百合和富贵竹。百合花在花瓶中绽放着，绽出一种优雅的美丽，绽放出一缕淡淡的幽馨。

有百合花香的空气，弥漫着一种惬意的甜香。

我用百合花供奉美丽庄严的观音，菩萨却把百合的甜香恩赐予我！

花香中蕴含着禅意，让我心宁静而充满甜蜜！

感谢观世音菩萨，感谢菩萨的慈悲恩赐！

百合花静静地开放在佛台上，我仰望着。

仿佛依稀，我似乎看到菩萨的脸上绽出了微笑，祥和而慈爱的微笑！

是因百合花的美丽吗？

是因百合花的甜香吗？

还是因为，我献上了我最喜欢的花来供奉您，您对我的赞许！

在佛教中，花常被当做修法时的重要供品之一。

我国唐代一行禅师曾在《大日经疏》中云："所谓花者，是从慈悲主义，即此静心种子……"

关于以花供佛，《过去现在因果经》记载了一个以花供佛的美丽而神奇的故事。

据记载，佛祖释迦牟尼的前世是一位名善慧的仙人。

一天，灯照国国王隆重而庄严地迎请普光如来进城，一时间，整个街道一派祥瑞之气。

善慧很想去瞻仰佛的庄严妙相，并希望得到一束鲜花去供奉如来佛。

于是，他去到花市准备买五茎莲花供奉。

没想到，全城的花都被王宫包了去，市面上一花难求。

正在难为之际，宫中一青衣使女与他擦肩而过，女子的怀中抱着一个花瓶，瓶内藏着七茎鲜花。

也许是鲜花被善慧的诚意感动了吧，美丽的鲜花却从使女的花瓶里自动跳了出来。

见到鲜花，善慧心生欢喜，便追赶到女子跟前，非常虔诚地问："可否将花卖给我？"

青衣女纳闷，花好好地藏在瓶中，他是如何得知的？但低头一看，花儿果然露出了瓶口。

女子问："买花何用？"

善慧答："以之献佛。"

青衣女子回说："大王也正等着以花供佛呢，这花不能卖。"

善慧说："我愿以五百钱求五茎鲜花。"

青衣女子觉得奇怪，一钱一支的花，他却愿以百钱求之，可见求佛心诚。再看他衣装简朴，却仪态端方，丰神俊朗。沉吟片刻后说："花可送你五茎，但有一个条件，你必须生生世世与我结为夫妻。"

善慧面露难色说："我修梵行，不能与你结生死缘。"

青衣女子说："不从我愿，不予你花。"

善慧沉吟良久后对女子说："一定要那样的话，我从你愿。但我也有一个条件，我好布施，如果有一天我要以身布施，不可阻隔于我。"

青衣女子接受了善慧的条件，于是取了五茎花给他。然后，又取两茎说："请代我将这两茎花献佛，我已在这花上许了刚才说过的心愿，许了与你来世的爱情之约：愿我后世，常为君妻，好丑不相离。我为女子，体弱不能前往，请以二茎花代献如来。"

佛来时，全城所有的人都向佛抛花供养，但都沾不到佛身，唯独善慧所献的七茎莲花五茎化为莲座、两茎为旁依。

轮回到后一世，释迦牟尼苦修成佛，青衣女子就是他成佛前的王妃耶输陀罗。

这虽然讲述的是七茎莲花而非百合花的故事，但由此可见佛礼时以鲜花供佛，的确非常重要。

“百合”意为“百年好合”，而且它的根茎由许多肉质鳞片抱合而成，有百片合成之意。

百合的根茎洁白如玉，与枸杞子合配成汤，不仅色泽美丽而且非常可口。

百合花，在人们的心目中，是圣洁、优美、幸福、如意的代名词，是一种祥瑞之花。

以祥瑞之花供奉佛，相信佛陀诸菩萨都会欢喜！相信供奉者也会因为百合花开而心净而美丽！

在日常生活中，人们常以百合花相赠，来传递无尽的祝福。在一对新人成婚的庆典上，百合常常被作为新娘的抱花，不仅以此来愈意百年好合，更因为百合花清新典雅芳香。

我国宋代大诗人陆游曾利用窗前的一胚泥土，种上他喜爱的百合花，并且为之提诗赋词：“芳兰移取遍中林，余地何妨种玉簪，更乞两丛香百合，老翁七十尚童心。”

百合栽种至今天，品种和色泽日趋多样，或艳丽或清雅，而我最喜欢的却是最迷人的香槟百合。

香槟百合是百合中的女王，它绽放的样子自信而有一种气势。

它的甜香，如丝如缕率性而毫不矫情。

每每从花店里抱得一捧百合回来，我总是小心翼翼地把枝干修剪后，配上富贵竹，然后插入一只专供百合花的白玉石花瓶里。

晶莹剔透的白玉花瓶里，香槟百合从茵绿的富贵竹的叶隙中探出头来悄悄地绽放着，慈悲的观音菩萨看着这百合吐馨面含笑意，高贵而又慈祥！

此情此景，这不就是唯美、这不就是无处不在的禅意吗?！

记得日本散文作家德富芦花，在《山百合》中写道"在山则花开于山，移园则香熏于园"，"盛开时不矜夸，衰谢时不悔恨。清雅过世，归于永恒的春天"。德富芦花精致细腻的笔触，让我联想到山百合在野趣葱茏的萱草间，在山风遍野的土岭间灿然绽放；在无人知晓的山中独自荣枯、绽放着美丽与传奇！

我喜欢百合花，心仪着百合花，我甚至认为百合花孤高隽秀、气质出尘，娇贵、迷人而令人爱慕！

我的好友莉，每次来我家总会送我一束我最心仪的香槟百合，而每每送我花后便会调侃我说："喜欢花和红酒的女人，是永远长不大的女人，两个字幼稚！"

无论她怎样调侃，但她却是送我鲜花最多的人。

她说："因为我知道你喜欢香槟百合！给予你之喜欢，也是我之欢喜！"

"给予你之喜欢，也是我之欢喜！"

为此，我深怀感恩！

而现在，我每每收到心仪的香槟百合，我便会满怀心喜地放入佛案，我祈望菩萨能欣赏百合花优雅地绽放，能闻到百合花的甜香！

采菊东篱惬意人生

人生能选择自己的喜欢，选择自己向往的生活方式，的确是一种非常美好的事情。

——宗显法师

我时常会羡慕古代的文人隐士！他们在阅尽世间繁华纷乱之后，能够放下万缘，回归山林净土，过一种超越世俗闲云野鹤般的自然人生。

羡慕他们超然于世的闲逸、自在，以及心灵的透彻，羡慕那种悠然自得的惬意。

特别羡慕“结庐在人境，而无车马喧。问君何能尔？心远地自偏。采菊东篱下，悠然见南山……”的陶渊明；羡慕小孤山上种梅养鹤，揽清风赏明月的宋代隐士林逋；羡慕三十六岁隐进桃花坞“酒醒只在花前坐，酒醉还在花下眠”的唐寅！羡慕他们归隐人生中的那份惬意、那一种清静自在！

人生真的很无奈！

一个人，从上小学开始，人生像是上满发条的闹钟，读书识字、数学、英语、奥数、国学、舞蹈、钢琴、绘画、唱歌……从六岁开始，就被这纷繁复杂的课程弄得筋疲力尽。

择校、学特长、考试，这不仅仅是对每一个孩子的考量，更是对家长的考验！

为了选择一所名校，家长四处托人、求人、送礼；为了学特长，孩子每天下课后，还要奔走在学舞蹈、钢琴、绘画、唱歌、英语、奥数的路上；单元考试、期中考试、期末考试，不仅学习资料一大堆，而且次次排名，把原本美丽快乐的童年，弄得灰头土脸、浑身疲惫、满心压力。

等到十二年寒窗苦读，考上大学，读完大学，又为就业、为未来的发展而疲于奔命。

而等到拥有一切后，自认为可以轻轻松松喘一口气了，却发现头上已悄悄地爬上了白发。

人生有太多的无奈，真的羡慕那些提前觉悟的古人！

人生能选择自己的喜欢，选择自己向往的生活方式，的确是一种非常美好的事情。

但无论在何种体制下的社会，要完全按自己的意愿选择人生，似乎也不是件容易的事。比方说，一个自认为具备治国安邦之才略的人，偏偏做了学者；一个具有诗人情怀的人，却做着商人的职业。种种无奈牵绊着各种各样各行各业的人，而只有极小的一部分幸运者，才能做自己喜欢的职业、过自己喜欢的人生。

凡·高喜欢画画，他的一生都在画画。虽然他生前没有卖出去一张画，但我认为他短暂的一生却是幸福的。

顾城喜欢写诗，他为诗歌而生，也为诗歌而死，他最后的一部《英儿》是他给另一个自己的长诗。

英儿是他的爱，更是另一个顾城自己！

我时常想，顾城也是幸福的，因为他的一生只在做一件他所喜欢的事。

古代隐士陶渊明、唐寅、林逋，他们更是幸福的！

他们在阅尽人间春色后，归隐山林，喜欢写诗的写诗、喜欢养鹤的养鹤、喜欢舞文弄墨把酒吟诗作画的把酒吟诗作画。

他们与明月清风、与东篱之菊、与醉人桃花，相依相伴，好生快乐、逍遥！

惬意的人生，并非一定要居山林做隐士，自订一项喜欢的人生目标，选择一项适合的职业，选择一个适合的配偶，这都将会给自己的人生带来快乐与惬意。

想一想，回忆回忆，自己的人生有多少惬意、有多少失意呢？

我们不妨放大已有的惬意，缩小现有的失意，这样也许能让快乐多一些，让不悦少一点。

人生是自己的，我们不要太在意别人的想法，更无须去迎合别人对自己的要求。

做一个心理健康、不侵害他人的乐观者，过一种健康的惬意人生，其实每一个人都能争取做到，都有可能做到！

一轮禅月照我心

禅月高照的丛林静美、澄旷、寂悦、空灵，佛悦僧喜、法尔如是！

——宗显法师

今夜的月亮很美，清辉洒照着大地，月季花在月光下弥散着淡淡的沁人心脾的馨香。

很想在月光下的小园子里，静静地独坐一会，很想让身心承受月辉的浸润。

于是，我端一杯绿茶，走入小花园，轻轻地坐在紫藤花架下的秋千里，轻轻地晃荡。

月辉抚慰着我、浸润着我，心中涌动着一股淡淡的欢悦。

我喜欢月光，特别喜欢圆圆的、高远的明月！

月辉下的我，心会特别的安静。

月光下的我，会不由自主地放慢说话的声音，就连举手投足都会不自觉地轻柔许多。

记得，我十九岁那年的一个夏天，我和好友春霖相约去一座深山的林科所看望一位刚毕业分配在那里的堂姐月兰。

这是我第一次走进大山。

一路上，花香、鸟叫、蝉鸣、泉响，处处都有惊喜！

我们采摘花儿、追捉蝴蝶、蝉儿，我们还穿着凉鞋在溪水里走来走去。

溪流涓涓，小鱼儿在水里尽情地嬉戏，水底没有一点泥土，全是又光又亮的小石子。

我们在水里拾捡小石子、追找小鱼儿，不知不觉月亮便升起来了。

“呀，月亮都升起来啦！月兰还在等我们吃晚饭呢！”我突然记起，我们这次出游的目的。

春霖说：“山里的月亮，就是比城里的月亮美丽！”

我们一边欣赏着圆圆的明月，边说边走，顺着唯一的一条山径小道行走。

不一会，我们看到远处山顶上有灯光闪烁。

“那一定是月兰姐姐工作的林科所了！”

我们兴奋地憧憬着月兰工作的地方！

这时候，我们看到一束光柱，在远处闪烁。

这深山里，是什么发出的光呢？

春霖说：“你听说过灵火吗？就是人死后，骨化成泥后，一总物质在夜里发出的光。”

“快别说了！”

我的心里一丝丝发紧，虽然这月亮充满禅意，但我们还是有些恐惧！

我说，我们唱歌吧！

于是，我们唱起了校园歌曲，大声地唱。

光束离我们越来越近，我们听到了一个非常熟悉的声音。

是月兰打着手电筒，在呼唤我们的名字。

“我给你家打了好几次电话，你妈妈说你和春霖上午就出门了，把我着急死了。”

“这山里太好玩了，我们边玩边走，所以晚了。赶快回林科所给我妈妈打电话，否则她会着急的！”

林科所的房子不算漂亮，但是月兰的宿舍却布置得很温馨。

月兰的宿舍在四楼，她把楼道的铁门锁上，我们的晚餐便在空空的走廊上开始了。

我们没有开灯、没有点蜡烛，圆圆的山月照着我们。

我们开了一瓶我从家里带来的一种叫“冰雪露”的甜酒，小小的桌子上有月兰从山上采摘的猕猴桃、野草莓，还有花生和林科所食堂厨子特意为我们做的菜。

月兰说：“今天是周末，所里的人都下山回城里了，只有厨子一家人和我们在这里。”

在月光下用餐，这是多么的美妙呀！

我们每人喝了一点“冰雪露”，心里有种从未体验过的愉悦！

我说，我想唱歌。

月兰和春霖也说想唱歌。

于是，在这美丽的月光下，我们一个接一个地唱着歌，以歌声表达着我们无可言说的喜悦！

春霖提议，在这样美丽的月光下，我们说说各自的理想吧。

月兰说："我想，将来当林业局的局长！"

春霖说："我想将来嫁给我们小城最帅气的男孩，并且他的父亲要是我们小城的最高行政长官！"

她们问我的理想是什么，我看着美丽的山月憧憬地说："我想在丛林里建一幢茅草小屋，饮山泉、吃野果、赏山月、写美文……"

我们都是极平凡的女孩子，我们的理想平凡而且美好。

现在月兰和春霖早已实现了那晚说出的向往，只有我却离月光下的茅草小屋愈来愈远。

我常常会记忆起月兰和春霖，记忆起我们一起在树林里摘草莓，在小溪中捡石子，在竹林里吹竹叶，在果园里看桃花，在紫云英花丛里串花环的情景！每每想起，就像在昨天！

月兰、春霖，这月光下的兰花和春天的甘霖，是我少女时代最最美好的记忆！

一丝夜风袭来，丝丝凉意令我的思维更加清晰。虽然，我与月兰春霖少有联络，但她们俩人却是我少女时代最最珍贵的记忆！

静静的明月洒照在我的身上，这月是宁静的，宁静的圆月照着我，丝丝禅意浸润着，心中涌动着一种宁静、静寂的快乐！

自自然然花会盛开

人于浩瀚宇宙，亦如一粒微不足道的沙尘，生生死死、贫贱富贵，都只是生命的一种经历。

——宗显法师

佛教是崇尚自然的宗教，因为信佛，我更崇尚自然。

人生所有的一切，都在有意与无意之间，自自然然，如日出日落，如花开花落。

日出的辉煌、花开的美丽，是无须精心策划设计的。

太阳它没想过哪一天、哪一刻将辉煌于宇宙。

花朵也没有设计过自己的美丽。

然而，它们却辉煌着、美丽着。

我崇尚这种自然的美丽与辉煌，也解悟日落后的黑暗，花朵凋零后的寂寞。

太阳是不会为黑夜哀伤的，因为它知道明天它依然灿烂；花朵也不会因凋零而感到寂寞，同样，它也知道明年的春天它依然会开出美丽的花朵。

太阳与花朵，它们自自然然经历着辉煌与黑暗，美丽与凋零的生命历程，完成着它们的日出、日落、花开花谢。这种自然，便是佛之禅意，便是一种超凡脱俗的境界。

于是，我想，人为何不能活得如太阳、花朵一般超然呢？

人是有生命的，太阳与花朵又何尝不是有生命的呢？

“人于浩瀚宇宙，亦如一粒微不足道的沙尘，生生死死、贫贱富贵，都只是生命的一种经历。”而许许多多的人，却不懂得生命的无常与虚空，他们总是忙忙碌碌、争争斗斗地苦心经营着自己的生命，经营着所谓的富贵。

佛教并不反对人们树立远大的理想，但是，一个远大理想的树立与实现的过程中，也必须以自然为基础、以不违背社会公德、不违佛法为基础。比方说，一些人为了实现它亿万富豪的梦想，建污染环境的化工厂，在鸡、猪、鱼、羊的饲料中添放能使动物速长却对人体有其危害的毒素，还有一些人为争取权力尔虞我诈，甚至以陷害他人、阿谀奉承而达到自己飞黄腾达的目的。

花开花落自自然然，而许多人却总是以一种反自然的态度生活着。

我的一位叫莉的女友，也是送我鲜花最多的朋友，无论她处高处还是处低谷，她都有一种积极的、低碳的生活态度。有朋友曾经一出门又是司机又是保姆，她就会说：“每天弄这么多人伺候你，你年纪轻轻有这必要吗？”并且，强制朋友与她一起步行、坐公交车、坐地铁，她说这样又环保还锻炼了身体。

记得，我和莉曾经开过一家小公司，莉里里外外为之操心，她不仅要忙项目，还要照顾我这个生活能力极差的人。

有时候她就说："有好玩的你就跟着，太忙了还是我自己去比较好。"

也许，说了别人都不会相信，我开公司的目的只是为了好玩，只是因为可以让一帮朋友在一起开心。

记得，有一年我们在贵州做一个小小课题合作项目，我们住在贵阳高尔夫度假中心，莉带着司机和一名员工每天早出晚归，我却待在度假别墅里写我的《无色玫瑰》。晚上，莉回来了，不仅带来了项目完成进度的惊喜，而且偶然带回香槟、百合和特色小吃，并且邀来符合我的审美趣味的朋友，一起用餐、一起打高尔夫球、一起唱歌，偶尔也陪我打麻将。

我们在远离渲嚣的山间度假别墅，在只有我们几人的歌厅，自娱自乐、放声歌唱！我们在一起品饮红酒，我们在一起散步赏月。

我们每天都兴高采烈、无忧无虑。

我们生活得那么自在，没有对奢侈、时尚的向往，只是自自然然、开开心心地生活着。

后来我们在同一年做了妈妈，公司也就搁了下来。

而我另有一位学姊，她却很有意思。

她不满意她的处境，她总觉得自己处境艰难是因为丈夫太没能力。

她总觉得如她这般优秀的女人，应该锦衣玉食。

于是，她历经千辛万苦离开了长相帅气，只是没有钱和权力的丈夫。

我与学姊许久没有联系了，有一天她却给我打电话，她说让我帮她介绍一个老公。我问她要找什么样的，她说：“不是亿万富翁，也该有千万以上吧！”

很有趣的是，我从同学处得知，她的前夫却找了一个有数千万家产的女人为妻，而我的那位学姊，依然还在梦幻着亿万富翁的彩船来迎娶她。

顺其自然，花自会开。

我的这位学姊，好像并不懂得这个道理，她的目标太过明确、刻意，伤了别人、也伤了自己。

我常常会想，人生很短暂，我们应该珍惜已经拥有的一切。要知道，万事万物都是虚空，有什么比生命、比生命中的欢乐与健康更为重要呢?!

远古千娇釉里红

古玩有灵气，宝物有精魂，得之需缘分。

——宗显法师

玉骨冰肌香色艳，千娇百媚红颜绝！

我搂着这只从远古而来、记载着三槐堂家族近千年兴荣、儿时便与我为伴的古瓶，无力地依在藤椅里，眼里盈满了泪。

今夜很静，不太善饮的我，喝了太多的红酒。因为你——我的灵气四溢、千娇百媚的釉里红玉壶春瓶、我的来自远古元代的红颜，而喝了太多的酒。

痴痴一醉为红颜，我却不敢迷醉！

我怕弄伤我的红颜、我的美人！

轻轻地、轻轻地，我把古瓶放回博古架里锁定，坐回到藤椅里遥遥相望。

“我的红颜、我的美人，我的釉里红玉壶春瓶，你可知，也许，明天你我就将远离？知否？知否?!”

我用心轻轻地发问，用灵魂静静地聆听。

“这一别，也许，将天各一方！”

我听到了古瓶的声音！

透过轻如蝉翼的窗纱，我依稀看见窗外朦胧的夜色。伴随着《高山流水》的古乐，我恍惚又回到了三十年前充满童趣的年代。

那是一个美丽的春天，我与表姐在玩藏猫猫时，藏到了奶奶的红木旧床上，一不小心踩在奶奶的枕头上滑倒了。

奶奶的枕头太旧了，我这小小的脚丫一踩就破了个洞，枕头里稀里哗啦滚出来许多白白圆圆的东西（银圆），我高兴地拾起一把与表姐在地上滚着玩儿，却被奶奶发现了。

奶奶让我们把银圆还她，我却闹着不给，奶奶只好让我到她房间任选一样东西。

我早就看中奶奶房间的两个瓶子了，一只蓝花、一只红花的，我指着红花的瓶子说："奶奶能把插鸡毛掸子的瓶子给我养花吗？隔壁的姐姐养的花都长根了！"

奶奶说："这个瓶子像玉石光滑坚韧，红得喜庆，你别打破了！"

于是，这只美丽的古瓶就成了我插放花草的瓶子、闺房里最美丽的风景……

那时，虽然我并不懂得古瓶的真正价值，但我却喜欢！

这只储存着我童年欢乐的古瓶，玉骨冰肌亦如贵妇，红艳喜庆尽显富贵。

三十载与我相伴，伴我从水乡小城进入京城，在我小小的学生宿舍插放鲜花，为简陋的求学生涯平添一份美丽；在典雅的博古架上彰显美丽，为我的书房更添一份雅趣。

我的母亲告诉我，这只釉里红玉壶春瓶里不仅装载着我童年的欢笑，更盛满了三槐家族世代为官的兴盛、多子多孙的繁荣！如此的宝物能伴我三十载，这真是我的福气！

然而，因为我用人不慎而承受着精神、经济上的双重压力，为了挽救朋友我不得不想到转让我的最爱古瓶！

苏富比的鉴定师提议："拿来参加秋拍吧，也许能为你的宝物找个知它懂它的藏家！"

我无语，泪却盈满了双眼。

我轻轻地说："但愿能遇见懂她、喜欢她的藏家！"

记得许多年前，我的老师汪兆骞先生为我介绍了报社做编辑的工作，为了感恩，我把那只雍正清花瓶送予了老师，老师请他的朋友马未都先生看过，并摆放在他家博古架中最醒目的位置。每每有认识我的人去看望老师，老师就说："这是雪娃送我的。"

"古玩有灵气，宝物有精魂，得之需缘分！"宗显法师的开示令我很欣慰！

我小时候觉得不太漂亮的清花瓶，能易主懂她、惜她的人，是清花瓶的幸运！

想必奶奶在天有灵也不会生气的。

奶奶在弥留之际，还问过我那两瓶子的下落。我不敢撒谎，只是如实地说："红花的在我宿舍插着花，清花的送给了一位老师。"

奶奶轻轻地说："老师喜欢送给老师也好，一个瓶子能让人喜欢是瓶子的福气！"

可是，可是这只釉里红玉壶春，却是我一直钟爱的啊！

我又饮了一杯红酒，对着这自远古而来、千娇百媚的釉里红玉壶春瓶轻轻地说:“珍重!各自珍重吧!”

《高山流水》的古韵,携着我的思绪在书房的空气中弥漫开来。

仿佛间,我看到先秦琴师伯牙在荒野里弹奏;仿佛间,我听到钟子期在琴声中吟哦“巍巍乎志在高山”、“洋洋乎志在流水”。

高山流水啊,知音何在?!

三十个春夏秋冬,恍若隔世的尘烟。

元代釉里红的惊世艳红,犹如一道绚烂的光环,为尘世增添一份美艳绝色、一种震撼与惊叹!

今夜,我和着泪抱着我的宝贝在摇椅里入睡。

梦中,我看见身如秋月之色、面圆如月,身着白衣庄严美丽的女菩萨,我看见女菩萨手里的甘露瓶,一如我搂拥于怀的古瓶……

这真是去除烦恼、灾障的甘露瓶吗?

醒来时,已是子夜。

这夜染着寂静,高山流水的音韵还在萦绕,在古韵中我更紧地搂住这浓香欲滴的远古千娇,眼已潮湿、心已寂寂,和着这静夜的空寂而嗟叹:也许,这绝色千娇应伴帝王侧或是深藏富贵家。

但是,我仍有不舍!

也许,这伴我三十个春秋冬的绝色古瓶,更应与我相依与我相伴!

永远相依与我相伴!!!

生命终极之禅意

在天地万物之间，无论是达官贵人、还是平民百姓，都只是无量恒沙河中的一粒沙子，只是宇宙中一点微小的火光，在无垠的宇宙中刹那间闪烁和熄灭，人之渺小弱不可击。

修佛，就是要从无恒的生命中追逐永恒的清安与欢喜！

——宗显法师

人的生命是脆弱的，但是选择终结的方式却是多种多样的！

我喜欢玫瑰！

在我隐秘的幻想中有一个关于玫瑰天堂的梦境，然而，我的灵魂与躯体却浸润在永恒的净寂之中。

生命的每一天，都沉浸在清幽与净寂之中。

在永无止境有如禅境的清幽、纯净、清安中，却闻不到玫瑰的馨香。

于是，我想，我想在我人生终结的时候，为自己预订一只小小的古船，订购一船殷红如血的玫瑰，我则静静地躺在一只古旧的小船上，让玫瑰的花瓣覆盖我净寂了一生的胴体，让美丽的花瓣抚爱我，让玫瑰的馨香伴随我！我则静静地、永远地躺着，把一切世俗与尘埃扔在水岸，让载着我的船儿随风飘去、飘去……

我不必介意它要载我去向何方，我已不知道要去向何方。

我只要知道，船儿将载我去向我梦想了一生的玫瑰天堂！

虽然生命中，我有太多的不舍，但佛说：来亦是空，去亦是空……

幻想人生最后的美丽，并不是说我现在就将离去。

生命终结的那一天，离我还很遥远、还很遥远！

我只是以佛教学说平静面对生死的心态，去憧憬生命终极时的美丽！

我想，当那一天到来之际，我将好好爱一次自己，将生命过程中最最缺失的美丽弥补回来。

因此，如果终极时我有预知，我将选择让一只古船载我远去，去那让我憧憬了一生的玫瑰天堂！

玫瑰天堂是美丽的，天堂里四处是绽放的玫瑰花，空气中流溢着玫瑰花的幽香，石径上洒满了玫瑰花瓣，天空中飘着玫瑰花雨……

多么唯美浪漫的境地啊！

如此的美丽，难道就只能在生命终结时，才能拥有吗？

为什么不能成为生命鲜活中的拥有呢？！

也许，生命的细胞在还跳跃时，唯美浪漫的玫瑰梦幻会不期而至，变成现实人生的拥有，而非生命终结时的凄美。

如果有来生，我会选择做一个日出而作，日落而息的村妇，在一幢干净的茅草小屋前种养玫瑰，吃自家耕种的稻谷，喝门前流淌的山泉，生一群美丽可爱的孩子，领着孩子们在原野采摘鲜花，在清晨听风，在静夜赏月。

如果能选择来生，我不需要虚浮的华美，我只需要懂我、欣赏我、珍惜我，在一种有欢笑的氛围中轻松自然地过好每一年、每一天。

佛说，今生的修持，能得来世福报！

我不苛求来世，但求今生能够拥有完美的人生，让美丽伸延至生命终结的刹那！

盛满玫瑰的古船，这只是我关于生命终结时的美丽憧憬。

当盛满玫瑰的古船向我飘来时，想必，我将已白发苍苍，但我依然会保持一种美好，一种超然、一种安详……

“在天地万物之间，无论是达官贵人、还是平民百姓，都只是无量恒沙河中的一粒沙子，只是宇宙中一点微小的火光，在无垠的宇宙中刹那间闪烁和熄灭，人之渺小弱不可击。”宗显法师关于宇宙与人类生命的开示，让我了悟到宇宙不居和生命无恒。

人之个体渺小若尘，无论人生有多辉煌，终有生命终结之时。一个人不能选择他的生，但如果能选择百年之后生命终极的美丽，这应该也是人之幸运。我想，应该是最为禅意的美丽与幸运！

寂寞紫藤花

我们要迷途知返，不要一而再，再而三地犯同样的错误，即得道不远。

——宗显法师

外祖母的父亲，在她18岁生日时，送过她一幢有紫藤花架的小楼。

很小的时候，我便常常陶醉在外祖母的回忆里，陶醉在对紫藤花的憧憬里。

于是，我外祖母便抚着我的头发说："你长大以后，会拥有紫藤花园的！"

并且，告诉我，紫藤花是高贵而寂寞的，只有能在寂寞中美丽着的女孩，才配拥有紫藤花园。

我这位拿着她父亲的银元，在英伦留洋学过一年艺术、美丽高雅却一事无成的外祖母，授予我的是一种身为淑女的艺术，一种让我永远生活在云雾里，生活在寂寞里的艺术。

我深深记着外祖母的话，只有在寂寞中美丽着的女孩，才能拥有紫藤花园!

虽然,我没有外祖母那种绝出的美丽,但我却必须独守一份身为女子的寂寞。

为了那个紫色梦,我必须寂寞着,也一直寂寞着。

我是生活在紫藤花的梦境里了。

当年,满世界的女孩都在轰轰烈烈恋爱的时候,我寂寞着。

满校园的漂亮或不漂亮的女生,都在体验"我是风儿,你是沙……"琼瑶式的浪漫情调时,我仍然寂寞着。

我的寂寞是有意识的!

我的寂寞是充实的寂寞,一种装满了紫藤花、有紫藤花馨气弥漫的寂寞。

然而,当我走近紫藤花园,让梦幻变成真实时,我却再也闻不到紫藤花香了。我的躯体在如云如雾的紫藤花穗下的秋千里晃荡,灵魂却穿越时空,在一片有阳光、有树影、有山泉的净地栖息。

于是,我想逃离这个迷惑过我、伤害过的紫色梦境。

我跪在外祖母的遗像前默默地说:"我想留住紫藤花园的美丽,但我更需要独守心灵的自然清静!"

外祖母无语地看着我,我的泪蕴含双眼。

我默默地对外祖母说:"很小的时候,您就为我的未来编织了一个关于紫藤花园的梦境,那是您失去了您曾经的拥有。您的潜意识中想找回自己已经失去的紫色梦境,您是希望我来替您找回自己曾经的紫藤花园,对吗?"

外祖母美丽的大眼睛，满含着忧郁。

“但是，您却忘了告诉我，一个人的成长不能为某种憧憬而放弃本该拥有的自然成长过程呀，我的外祖母！”

我决无责怪外祖母的意思，我只是遗憾在人生的成长过程中，因为紫色梦幻，而缺失了许多成长必需的过程与美丽。

这绝对不是我的外祖母教育的失误，而是我自己领悟的错觉，而造成了我成长过程中的某种空白。

其实，拥有紫藤花园，这绝对不是人生之必须。而我，却为了实现关于紫藤花园的梦想，在成长的过程中留下了许多空白与遗憾。

当我看着藤花绽放的时候，我常常会思考一个问题：如果，一个如我一般的女子，能凭个人的能力与勤奋拥有一座完全属于自己的紫藤花园吗？

紫藤花的馨香浸染着我，在这紫藤花开的时季，我摘一串迷人的紫藤花，拨通了小碧姐姐的电话。

我在电话里问小碧姐姐：“我能全凭自己的努力，种植一棵完全属于自己的紫藤树吗？”

小碧姐姐鼓励我说：“你完全可能，一定能！”

一切随缘吧！

今后的人生，我决不刻意去追求什么，但我会以一种积极的人生态度去迎接阳光明媚、菩提花开的每一年、每一天！！！

坚守淡泊与宁静

一个能安于淡泊的人，他的一切行为将不受外界的干扰与诱惑。如果，在不受任何外因干扰的情况下工作或学习，那么，这个人的人生计划与工作目标将更容易达成！

——宗显法师

这个世界是有些浮华了，我心却静静地栖在体内，不想往外跳、不想往外飞。

心是静净的心，平静地游动在完全自我的天空里，没有要去远行、没有要去看窗外风景的欲念，也不想让缤纷的色彩点染我心。

只想平淡平安地坐在小小的书屋里，燃一支檀香，静静地编织关于茅草小屋、关于善心、爱心、净心，抑或生死轮回的故事。

让灵光凝聚于笔端，煮一壶浓浓的普洱茶，慢慢地、细细地品味。

在无欲无求的境界里，做至真至纯的自己。

也许，梵天造我，就是要我用自身的行为服从梵天的安排。冥冥之中，总觉得有股灵光在熏染我心、感悟我心。也因此，我从来就不喜欢那些色调浓艳的色彩，也不喜欢穿金戴银的所谓富贵。

也许，淡泊是一种出世的精神。

我深知，人世间的悲欢离合、荣辱贵贱，皆如过眼云烟。

独守一份宁静，享一种“采菊东篱下，悠然见南山”的惬意，守一种“心底无私天地宽”之达观，保持一种豁达的胸怀，心便会犹如浩瀚的大海能容得下潮起潮落、能容得下惊涛骇浪、飓风狂澜。

在充满诱惑的世界里，将仁爱、宽容与善良深藏于心！不拘泥于人言是非，不刻意追求利禄功名，从从容容，平平淡淡，淡泊如一朵闲云、飘逸于天空；如一只野鹤，行经于深山丛林，悠然自在而不与世争！

我时常想，淡泊有如明澈清纯的山泉，能洗清世俗的尘埃；如一面明镜，能照出人世间的一切真假美丑、爱恨情仇。

然而，淡泊却不是冷漠、不是消极，淡泊的人同样会有自己的人生计划与目标。

也许，是受佛教哲学思想的影响吧，我的心不再浮躁、不再会被无明之烦恼而干扰。

心能安安静静地、干干净净地，泊在心房，守独一份淡泊与宁静。

我是安于淡泊的，但安于淡泊与宁静，并不是说，我将随波逐流而没有确定的人生计划与目标。

我同样会给自己订立每一阶段的人生计划，虽然不刻意去追逐什么，但是因为心灵能安静下来，在实施的过程中，会比从前更认真、更纯粹。

我很认同宗显法师的开示：一个能安于淡泊的人，他的一切行为将不受外界的干扰与诱惑。如果，在不受任何外因干扰的情况下工作或学习，那么，这个人的人生计划与工作目标将更容易达成！

“夫君子之行，静以修身，俭以养德，非淡泊无以明志，非宁静无以致远……”

诸葛亮的《诫子书》短短的八十六字，却让我读懂了一种宽容与豁达，读出了一种明志之淡泊、从容之宁静！

让我明白了敬业奉献、修身养性、治学做人的深刻道理。

更读懂了一位品格高洁才学渊博的父亲，对儿子的谆谆教诲与殷切的爱子之情！

人的生命虽然短暂，但对一个人来说，追求生命的密度比追求生命的长度更为重要！

只有一个内心宁静的人，才能在这充满诱惑的世界里从容自如。

才能在静寂中闪烁出智慧的光辉。

才能使自己的人生更加纯净、更加完满。

淡泊明志，宁静致远！

我时时告诫自己，面对世间种种诱惑，必须独守一种充满禅意的淡泊与宁静，要学会选择、学会放弃！

人生如一次神秘而漫长的旅途，在人生的旅途中，有鲜花、掌声，同时也会有荆棘、坎坷；有攀上高峰后的畅快淋漓，也有处低谷时的失落。但一个人，只要拥有一颗淡泊与宁静的心，便会在人生的旅途中从容自在、宠辱不惊，便会让人生的旅途充满欢喜与快乐！

憧憬冬雪禅林

只有置身于寒冷之中，才能知道什么是真正的温暖。

——宗显法师

在我的印象中，只有飘雪的日子才算真正的冬天。

在我的体验中，“只有置身于寒冷之中，才能知道什么是真正的温暖。”

我常常憧憬，在一个白雪皑皑的丛林里，一弯新月悬挂于雪后初晴的夜空，空气中飘逸着冬雪特有的冷香。

一个如雪一样美丽的女子，坐在红红的篝火旁，右手托着微微上翘的下巴，眺望着新月下丛林雪地里那幢静静的茅草小屋。

茅草小屋的露台上，一位宁静如新月的男子在吹箫，箫声悠悠地在丛林雪地里弥漫。

火焰在雪地里跳闪着，女子的眼睛在篝火的辉映下灿若星辰！

在这彻骨寒冷的丛林冬夜，因为有篝火、有箫韵、有新月、有茅草小屋，而备觉温暖！

冬天来了，雪在空中飞飘着，像一群美丽的玉色蝴蝶弥漫于窗外。

窗外的天空没有新月、没有篝火、没有雪地里听箫的女子，却有路灯在静静地照着白雪。

雪无言地飘落，漫天飞舞如一群翩跹的玉蝶，栖息在树枝上、藤萝上。

雪，覆盖着大地，厚厚的、软软的，如洁白的羊毛地毯，踏在上面会发出一丝脆脆的微音。

我推开窗户，漫天雪花在窗外纷纷扬扬，飘雪的夜晚是那么清净、那么圣洁！

下雪的夜里，空气中夹杂着一种幽幽的冷香，这种只有用心才能闻到的雪之暗香，和着一丝丝雪天特有的气息，那样的清新、唯美！

雪花飞飘着，有如六瓣梅花在漫天绽放，花儿掩盖了所有的尘埃，大地那样的纯净、那样的素雅！

我喜欢雪！

喜欢飘雪的日子在雪地里奔跑！

然而，身在都市的我，却只能深藏着这种纯净的欢喜，只能站立在窗前，只能伫立在小小的院落里，让心去雪地里奔腾。

在雪地里奔跑的心是快乐的！

但我却在想，如果能在丛林的雪地里奔跑，那一定会收获一种别样的狂喜！

飘雪的日子，丛林的清泉会冻洁成冰吗？雪花栖在丛林的树枝上，那是怎样的一番美景呢？

丛林里飘雪的冬夜，可否有燃烧的篝火？

可否有美人听箫、可否有彻骨寒冷中的温暖？可否有梵音天籁、香烟袅袅……

听说，飘雪的日子，山泉是温暖的！

流淌的山泉，会升腾出一种氤氲的气息。

飘雪的冬夜，小鸟会在雪花绽放的树洞或鸟巢里冬眠，会在静静的雪夜发出娇柔的、牵人心魂的叹息！

飘雪的丛林，没有半点尘埃，丛林更加洁白、宁静、禅意！

静静的雪夜，可以听到自己的心跳，可以听到雪花绽放的微音。

静寂、干净、唯美！

生活在丛林里的人，会穿着远古汉人常穿的长袍，行经在挂满玉蝶的林间小径。用瓦罐打水、用双手劈柴，在茅草小屋的中央架一堆树根，树根熊熊燃烧，跳闪着美丽的火焰！一群可爱的孩子，在门前的雪地里笑语欢歌跑来跑去，女人在火堆旁用瓦罐烧水，男人穿着银色的长袍裘褛，满眼含笑看着在雪地里欢蹦乱跳的孩子、欣赏着让火焰映照得更加温婉可人的女人！

如此的雪中美景，如此的冬雪禅林，如此的禅意人生，想必是所有俗世中人的向往，也是我唯美浪漫的祈盼！

雪花飘落着，在这晶莹剔透的冬夜，我依窗聆听着白雪花开的微音，憧憬着关于雪夜恍如隔世的美与传奇！

于是，我想，有一天我一定要在丛林里建一幢茅草小屋，我会在茅草小屋里喝白雪在火堆里、在瓦罐里溶化后温暖的雪饮，我会在满山遍野种上能观赏、能结籽的山茶花，我会在飘雪的彻骨严寒中，给我的女儿讲一个唯美的故事，一个无意识的向往却成就了一番美好事业与禅意人生的故事……

生命的过程中，会有许许多多的偶然。

人与人之间的相遇、相识、相知，是福惠、是佛缘！

人与人之间的缘分非常奇特，有一种人即使与之朝夕相处，也不能读懂其内心。然而，有一种人却只需在偶然相遇时的惊鸿一瞥，却能相识、相知！

读懂常人的心，要有佛缘；读懂超常之人，要靠佛眼，更要机缘！

我不敢说，我能完全读懂，但他们的艺术、他们的人格魅力、他们人生之禅意，却令我震撼、令我感动！

荣辱不惊人生禅意——文怀沙

"满腔欢喜，笑开古今天下愁；大肚能容，了却人间多少事。"宠辱不惊，才能人生禅意！

——宗显法师

面对一位才貌惊世、充满传奇的老者文怀沙先生，我突然感觉到自己文字语言的苍白！

文老，这位年过百岁有着仙风道骨的老人，他人生的故事、他生命的传奇、他高华圆润的书法，不得不令世人为之惊叹！

记得第一次见文老是在北京大学，文老穿一身黑色的布衣布鞋，在演讲台上讲授诗歌。

文老的演讲深得北大学子的赞叹！

他的演讲声情并茂，讲到得意时，还会夹杂着古诗词的唱吟，唱吟者为之动情、受众者为之震撼、为之感动！

一缕阳光从窗外透射在演讲台上，照耀着讲堂、照耀着老者飘逸的长长的美髯，美髯在温暖的阳光下闪烁着银色的和光，让我这个固执地认定只有青春才是美丽的人，不得不赞叹：世间居然真有如此仙风道骨、如此唯美的老人！

从文老的演讲、文老的神情状态中，我似乎悟懂了什么是“是真名士自风流”！

每个时代都无可避免有狂热与逢迎，而真名士者在历史无情的荡涤中，却能保持永恒的自我，自然而然以自己独特的方式行走在喧嚣的尘世之中，而文怀沙先生就是行走在红尘之中独一无二的真名士！

许多年过去了，只偶然从媒体了解到有关文老的消息，直到今年因为文老的孙子曦和与我女儿佳钰同在书法泰斗李铎先生的关门弟子萧华门下学习书法，才有幸再次见到文老。十多年过去了，文老只是比曾经清瘦了一些，却依然腰杆笔直、挺拔飘逸，依然能撰文写诗、能挥毫泼墨、能研究国学、能动情地唱吟古诗。一个一百多岁的老人，姿容、行止、技艺、思维依然不减当年；一个一百多岁的老人，居然会有如此丰沛的精神气象；一个一百多岁的老人，依然有如此强烈的气场，不得不令人惊奇、折服、敬仰！

文老今年一百〇二岁了，整整一个世纪的风雨飘摇，文老的人生也充满了传奇！他曾是我国清末民初民主革命家、思想家、中国近代著名朴学大师章太炎的门生，他曾与郭沫若亦师亦友。胡耀邦先生曾为之赋词“骚体开新面，久仰先生名”，钱钟书先生曾赞其“蚊子振奇越世”。

但无论出入何等将相豪门，无论与之交情是深是浅，文怀沙就是文怀沙，他永远只是一位唯美浪漫的诗人、一位满腹经纶的学者，他依然保持着他特有的名士风范！

因为，他不会攀沿着顶天立地的大树而成就世人为之向往的政治权力的辉煌。

因为，他不是政治谋士，他不会、也不屑于玩弄政治手腕以达某种政治目的。

他的身上永远保留着一种文人名士的风采，那样的自然而然、那样的超凡脱俗、那样的唯美浪漫！

也许，正因为他如此不同凡俗的文人气象，才令那些身居高位的人物为之新奇、赞赏！

然而，文怀沙还是文怀沙，他永远保持着文人的风骨，保持着他是真名士的清高与风流！他不管你是名重权高的君主还是普通的百姓，一旦成为知己，他便会更加自然随性，自然率真便会在他的身上彰显无遗。

名士风流、自然率真，这是文老的人生禅意，但也是文老坎坷人生的根源。

我看着这位学养深厚、浪漫唯美却真如顽童的老人，思索着究竟是什么原因让一个没有任何政治心机、多才多艺的年轻文怀沙，把人生最美好的十八年无偿地献给了没有自由的牢狱？我甚至认真考究过文老的性格与经历，我震惊更不理解，他的风流倜傥与自然率真，怎么会对他人造成如此重大的"伤害"?！否则，在那种指鹿为马、可白可黑的年代，怎么会有人以欲加之罪而关押他十八年?！

"收敛自己的光芒，不使自己显得太特殊，即所谓和光同尘，韬光养德。"宗显法师的话，似乎提醒了我。

也许，是文怀沙先生太特殊，是文怀沙先生的光芒太耀眼！

否则，在经历了曾经的十八年牢狱之苦后，再次步入辉煌人生年界百岁时，怎么又会惨遭一次铺天盖地的文字、网络质疑呢?!

对于所质疑问题的真实与否，我不想、也不必去考究，原全国政协副主席、人大常委会副委员长许嘉璐先生的评说非常客观："文怀沙的国学大师称号不是自己封的，但如果要说没多少作品就不能叫大师我不这么认为，那要看学问有多大……"并且说："文老是我的老师，他永远是我的老师。"

而面对铺天盖地、劈头盖脸的不和谐的声音，文老只在凤凰网上发表了一个小小的启示，文老没有责怪质疑者一文半字，他只是留下小小启示以免为后人考证其年龄而留下麻烦。

但当我在凤凰网上听完文老宣读完启示时，我却泪流满面！因为，因为我想到了我的外公，一位曾为唐生智将军部下、亲历过南京之战后隐居山村，以行医、种果树、吹箫、修佛为乐的我的外公！我在想，究竟是什么原因会让一些人如此憎恨一位有如孩童一样单纯可爱的老人呢?!

而文怀沙先生却只是淡然一笑，他说："我不是什么国学大师！如果要说是，也只是个摘帽的国学大师！"文怀沙他就是文怀沙，他性情中的不藏心机、自然而然、率真随性，就是他人生之禅意！也正是这种禅意，造就了文老晚年的快乐、健康与人生的辉煌！

文老的人生可谓是天堂地狱、地狱天堂，充满传奇！

他经历过牢狱之灾。

他曾从癌症中绝处逢生。

他一百〇二岁了依然能行步如风、依然能世界各地游历讲学，依然神采飞扬、语惊四方！

面对辉煌与失意，面对追捧与打击，文怀沙还是文怀沙，他率真、达观、人生禅意而宠辱不惊！

我九岁的女儿跟随文老的孙子见过文老后问我："妈妈，我觉得文爷爷有时候像庙里的菩萨，有时候又跟我们小孩子一样好玩！"我说："文爷爷就是文爷爷，一个很特别、很特别的老爷爷！"我女儿把自己书写的"上善若水"和国画葫芦拿给文老看时，文老说："字和画都不错，但要坚持写坚持画！"我告诉女儿书法和画画不仅能愉悦心灵，而且能修身养性。文爷爷不仅能唱吟诗词，而且一直坚持练习书法，所以一百岁的文爷爷还是健康、快乐的！因为，笔墨不仅能通神而且还能养心。

最近，给女儿添置了一处书画室，文爷爷特为题写了斋号"抱璞斋"，取"纳瑾"为字，希望我的女儿长大品学兼备、有识璞之德、有纳瑾之福、有美玉之华！

对于女儿的将来，作为父母最大的希望是健康、快乐！

一位满腹经纶、健康、快乐的百岁老人能为之题写斋号，这是女儿的荣幸，我们深表感恩！

一百〇二岁的文老是健康的、是快乐的，他的晚年是幸福的更是辉煌的！

文怀沙他永远是文怀沙，无论他经历什么，他依然保持着心灵永恒的快乐，保持着对美好事物的深情至爱，保持着人生的那份从容，坚持着那份人生禅意而宠辱不惊！

我特别认同文老的一句话"我这个人，记爱不记恨！"

想必，这种记爱不记恨的个性，才是文老快乐、健康、长寿的真正秘诀！

画中禅意赤子情怀——范曾

禅意是人性本我的守望与回归，是摒弃外物的纯净与空寂。

——宗显法师

范曾，中国画坛最具浪漫主义气质的画家！

他的浪漫气质，源自于他与生俱来的气势与风范，源自于他高深的学养与修持！

我常常想：如果他不是画家，也许，他应该是一位政治思想家，因为他饱读圣贤书，具有崇高的民族忧患意识，具有政治家的气势；如果他不是画家，他应该是一位诗人，因为他激情澎湃，相信他也能写出如"问苍茫大地，谁举沉浮"一样大气磅礴的诗句。

但是，他更应该是一位画家，因为他的画，超越了世俗，超越了自我，成就了一种无我之禅境，成就了常人之不可超越！

特别喜欢他画中的达摩、喜欢他画中的怀素、李叔同！

我曾说，范曾先生笔下的达摩，有他自己的神采，特别是达摩的眼睛，蕴含于双目之中的光芒，就是范曾先生自己！

达摩的眼睛，是智慧的源泉，更是清静自然之禅境！

怀素，至今都无人超越的唐朝一代狂草书法家、僧侣名士，在范曾的画笔下，是那样的净、那样的空寂。但是，在那禅意的净与寂中，却透射出一种不经意的疏闲与狂放。

李叔同，这位在中国近百年文化发展史中，被学术界公认的通才奇才弘一大师，在范先生的画中神形皆备，观之而心生敬意，且画中禅意，出神入化！

禅意是人性本我的守望与回归，是摒弃外物的纯净与空寂！换言之，便是本我的真！而这种纯净空寂与本真，与范曾所崇尚的赤子情怀却具有某种意义上的类同！

范曾先生虽然具有政治家的气势，诗人的情怀，但范先生的人格却是觉悟的、禅意的。因为，他本真的个性，有如赤子，超然于物外而守望着率真、率直的本我！

也许，有人会说，范曾的画价格太高有违禅意；范曾有狂士之态且言词太过激烈有违禅意；范曾"与美人共赴天涯"有违禅意。

而，我则认为，这正是范曾的本我之回归，正是范曾先生的赤子情怀和至高的人生禅意！

画的价值，是众生以心为天秤确定的，是由范先生的艺术境界而决定的价值；言辞激烈有狂士之态，正说明范先生的率真的赤子情怀；"与美人共赴天涯"，这不仅是佛所赐予的菩提姻缘，更是一段唯美浪漫的情缘佳话。

一个是情真如赤子的大师，一个是美丽高贵的佳人，美妙的情爱佳话，从中国流传到唯美浪漫之都法国巴黎……

"与美人共赴天涯"，这是一个多么唯美的爱情故事！我想，当下以“家里红旗不倒，家外彩旗飘飘”为荣的中国男人们，是否应该从范曾的爱情故事中学到一点范曾式的赤诚、忠心与胆略呢?!

当然，范曾不是佛教徒，但范曾的赤子情怀、范曾的率真、范曾的自然、随性，就是无处不在之禅意！

范曾先生他不仅以独特的艺术风格，筑建了中国画的至高顶峰，而且他博古通今，精通文学、哲学、诗律，他著有《老庄心解》、《庄子显灵记》、《范曾吟草》、《范曾怀抱》、《范曾散文三十三篇》、《范曾七绝百首》等著作。他，就是思想家！他，就是哲学家！他，就是国学家！他，就是气势磅礴的诗人！“痴于绘画，能书，偶为辞章，颇抒己怀，好读书史，略通古今之变”，这是范曾对自己的评说。

二十四字的自我评述言简意赅，特别是起首一个痴字，却道出了范曾先生对于绘画的痴情已沁之骨髓。

中国艺术研究院中国文化研究所所长刘梦溪先生曾评说：“我们要切记：范曾先生绝不仅仅是画家或者书法家，他是一位跨学科的通儒。人类大脑左右两方面的功能，都被他发挥得淋漓尽致。如果仅仅是图像的支撑，不会有他如此深邃的精神力度；如果光是理念的结构，不会有他如此磅礴丰沛的精神气象。”

范曾先生是伟大的！他把自己对人类、对宇宙万物自然秩序与生命真谛的透悟融入笔墨，他把超然于万物之上的诗人风骨、政治思想家的磅礴气势融入画中，创造了中国画坛有史以来最伟大的传奇！

大师品高将军情重——李铎

滴水穿石，不是力气大，而是功夫精深。大师的形成，原自天才加勤奋！

——宗显法师

当我刚刚走出校门，成为一名纸媒记者时，我采访的第二位书法家便是李铎。

那是多年前，文化部与全国政协联合举办的一次艺术家春节茶话会。我应邀前往，并与李铎将军同桌。李铎先生问我是否是演员，我告诉他，我是应邀来采访的媒体记者，并且预约为李铎先生写一篇专访。

李铎先生的书法室在军事博物馆一间很大的房子里，房子里放满了书和书法作品。木质的沙发椅和茶桌，都是机关单位常用的那种，平实而简单。

在这之前，我的老师高桦先生介绍我采访过启功先生，领我去见启功先生的是老师高桦的好友，前清举人有“文治总统”之称的徐世昌先生的孙女徐延玺女士。徐女士家与启功先生是世交，徐女士跟随启功先生学书法且颇有造诣。

采访李铎先生，则是我参加工作后，第一次自己选定联系的采访对象。当时的我，有一丁点胆怯，唯恐提问不当而影响采访结果。

李铎将军却面含笑意，慈祥如佛！

将军的微笑，让我不再紧张。

采访中得知，李铎将军是湖南人，1930 年 4 月出生于湖南醴陵市新阳乡。将军他三岁会背《三字经》，五岁进私塾，从小跟随启蒙老师前清秀才练习书法，用心和刻苦无人可及。他十九岁报考中南军政大学时，招生的老师问他有何特长，他毫不犹豫地说出书法二字，招生的老师临场找来笔墨让他书写，小李铎畅快淋漓地写下了毛泽东的《沁园春·雪》，也许是书法帮了李铎，初中未毕业的李铎破格被录取了中南军政大学。

上世纪 50 年代末，李铎被选调军事博物管工作。身为军人，部队时间性强、工作繁忙，但李铎先生却从来没有因为工作忙而松弛书法的练习。中午吃饭时，他用杯子盛一杯清水，用笔蘸着清水写，在桌子上练习，写完再拿抹布擦干，久而久之桌子上的漆都掉了。冬天，大雪纷飞，军博前面的广场上洁白一片。他不顾严寒跑出来拿着扫把，冒着雪在地上挥舞练字。洁白的雪地上被画出一个个“大”字，雪地里脱了棉袄练字，值班的同志都以为他是在扫雪，等走近才知他在用“如椽之笔”写字！

“大字写起来十分过瘾、痛快！”从闻名中外的华山石匾“劈山救母”，到全国著名的风景名胜都有他题写的匾额，特别是在悬崖峭壁上刻字。这种驾驭大字的功力，与将军雪地里苦练，是密不可分的。也许，正是这种持之以恒、勤学苦练的心志与精神，造就了今日的书法泰斗、大师！

李铎将军的书法，得到了胡锦涛、江泽民、乔石等中央领导人的一致好评！

1995年7月，李铎将军推出了力作书法《孙子兵法》长卷。《孙子兵法》共6000余字，以现代通行的宋本为蓝本，参照汉墓竹简及其他版本比较进行创作，中间有大量的重复字和相近语句，为了避免出问题，老伴用尺子压沿对比，说一句写一行，写一张校一张。挑灯夜战数日，终于写完158张，总长220多米。长卷完成后，由河南洛阳镌苑碑林依原貌刻制成长碑。长期矗立，供社会参观。

李铎用书法写就的《孙子兵法》，将中国最精美的书法与兵学圣书内容，实现了完美的最佳壁合，这种通过中国书法艺术来表现兵书圣典，到目前为止在中国书法史上还是无人超越的第一次。

古典圣书，名家书写，为后人留下了弥足珍贵的历史史料。

李铎将军还是一个有浓浓乡情的人，他深深眷恋着家乡湖南，并且，一直以湘人自居，以湘人自豪！

将军曾经偕夫人李长华女士回到养育自己十九年的家乡，一代书法大师李铎将军，没有一点架子，有求必应，亲自为乡亲们书写春联、条幅和牌匾。为表达思乡怀土之意，将军为了能让村里的乡亲家家挂上自己写的春联，连夜挑灯赶写春联直到天明。

将军回乡探亲时，亲临母校醴陵市一中为学生传授知识，并用自己的稿费捐资设立了“李铎奖学助学基金”，奖励母校品学兼优的学生，以此表达浓浓的乡情！

李铎将军说，家乡、母校始终是他魂牵梦绕的地方，报答家乡、报答母校，始终是自己的愿望！并当场挥毫泼墨：“尺璧非真宝，寸阴宝更佳。青青诸学子，莫负好年华。”以表达将军对母校学子的期望与关怀。

将军虽然已年过八旬，但将军的风采依旧令人敬仰！

虽然已生华发，虽然眼神不如从前，但将军的书法作品却更含筋骨、力度，更趋古拙、更加华彩，更具大师的风范！

梵音入画禅意心——罗伟

我心即佛，佛即我心，自性不染，心无不净。

——宗显法师

新当选的中国书画家协会副主席罗伟先生说："画之美源于心之净！"当我从都市的喧嚣，被罗伟先生的助理金子小姐领进罗伟先生的画室时，我便有一种进入世外仙境的感觉。不是因为画室的装璜华美，而是因为那一幅幅具有无限引力的国画、书法。

画室没有音乐，我却听到了萦绕于画境的梵音，灵动、清幽、宁静！

我听到了，画中有小鸟鸣唱、有细泉轻吟；我悟到了，画中有云雾氤氲、紫竹环绕；我看到了，鱼儿悠游于碧波之中、荷蕊上有蜻蜓摇曳、荷叶间有珍珠滚动、母亲牵着儿女行走在回家的路上。我听到了，恬淡、自然的禅意画境中弥漫而出的天籁梵音；我读出了画中的静寂与祥和以及禅意画境中的自在与欢喜！

我品读着画室中那一幅幅令我心灵震撼的字画，却忽略了静坐于明式红木太师椅上的画室主人，直到我仔仔细细品读完画室所有存列的字画时，他才开口说话："这边坐，喝茶吧！"画家的神情，亦如他的画，清净、自在，这是一种超然一切世俗之上、"梵我合一"的宁静与祥和！

我说："您和您的助理神情都如此祥和、宁静、淡定，是源于艺术的高度吗？"罗伟先生却说："是源于佛教！"难怪年轻美丽的金子小姐曾经对我说："我们都是有缘人！"也许，是对佛教的信仰拉近了我们之间的距离！他说："在我的心里，庙堂就是学堂！我2005年皈依以来，我的心安静了、也干净了，我放下了许多作为艺术家必须放下的东西，我把浮躁与喧嚣关在心室之外，在创作时，只专心于自己心灵的向往！"于是，他画出了他心灵回归的"乡村记忆"系列，他画出了风骨清雅、静静绽放的莲花系列。

禅意画境中似有清幽之梵音萦绕！

看来，我等不懂字画的人，也算悟懂了画中的意境！

金子小姐说："你对老师的画，感悟很准！老师不仅擅字画，还通音律、善古琴，因此你所言说的画中梵音不无道理。"

罗伟的画，洋溢着"空、寂、闲、静"的禅境，这是画家在孤独与寂寞中，宁心静性地观照物象，了知诸法性空的般若实相后之禅悟、之觉醒！他走进深山丛林，他回归净土乡村，他获得了与天地、宇宙最亲密和谐的接触，在无心而有意之间，观照自然界云生云起、花开花落的种种纷纭变幻。那一幅幅具有独特魅力的画面，虽然只是静寂的山村、素雅的白莲，虽然只是山泉鸟鸣、只是关于他童年对家乡的美好记忆，但画境依然演化着大自然本来的一切唯美的生动、鲜活与和谐。

“我心即佛，佛即我心，自性不染，心无不净”，世间一切可感知的物象及人的内在情感都是虚幻的，只有人清净的本心才是真实与永恒！一个佛心清净充满禅意的画家，他的作品一定有其独特的空灵与唯美！

罗伟的国画

清幽、淡泊、爽气、灵动、静穆、厚重，构筑成罗伟字画的艺术特征，他在艺术作品中所体现出的风格特征是其生命特质的体现，是画家扫去一切尘念而显露的佛性本心，是禅意画境、佛心！

与佛结缘——刘藏元

艺术与禅意的融合，能成就一种独特的华美气质！

——宗显法师

在一次朋友聚会时，我迎面坐着一位极为时尚的女士。她有一双清澈的美目、高挺的鼻梁，她神情宁静、举止优雅，让我猜不出她的年龄。朋友介绍说："这是刘藏元大姐，中国著名女画家、中国画佛第一人。"

刘藏元这个名字我早有耳闻，不仅仅是因为她画画的名气，还因为我的一位朋友与她很熟悉，并常常提及这位有如闲云野鹤的女画家。刘藏元大姐说："我喜欢自由自在的生活，更喜欢在内心充盈着寂静与欢喜的状态下作画，我的画有两种，一为山水、二为佛像观音。"

为画山水和佛像，她常年行走在名山大川、佛堂寺庙，她行色匆匆有如时尚的驴友；有如天空自在飘逸的游云；有如独自行经于森林的仙鹤！她说："绘画的时候，我从中国传统绘画王国走到西方绘画王国，自由发挥想象力。因为我无宗无派，我既能融入中国传统绘画的意境，又能走进西方绘画的王国，既能出来又能进去，这样出出进进，与我崇尚自由的个性相得益彰，我想怎么画就怎么画，真的太好玩了！”

“太好玩了！”藏元大姐的语气中，蕴含着一个艺术家的超然与率真，包涵着她对绘画的挚爱痴顽。说话时，她美丽的大眼睛忽闪忽闪着，让我怎么也看不出她出生于1950年，已年过花甲。也许，是艺术的修为，为她原本美丽的容颜增添了一份优美；也许，是佛学禅意，为她优美的举止浸润了一抹静雅；也许，是因为艺术与禅意的融合，造就了她心灵的自由与快乐，而自由与快乐则是她容颜永驻、美丽长留的秘诀！

刘藏元是自由的，无论是她的绘画还是她的人生，都是那样地随性率真充满禅意！她出生于湖北，旅居台北、北京，而家却只是她停留的驿站，她背着画夹独自行走在山水之间，画自己想画的画，过自己想过的人生！

刘藏元常常自谦自己无宗无派，其实她家学渊源，她的伯父刘炳荣是民国时期的一位著名国画家，她几岁便随伯父学画，后师从台湾著名国画大师胡念祖。但刘藏元却说：“从画风来讲，我认为画家不一定要学谁的画风，不是说我的老师是谁就一定要学他的风格，有的人一辈子在传统的画风上学习也学不完、跳不出来，我认为画家的画风应该是我想怎么画就怎么画。”刘藏元的思想及绘画的风格是独特的，她把传统中国画的技法和中国传统文化中的佛学禅意、西方绘画中油画五彩缤纷的色彩相互融会贯通，在绘画技巧和表现形式上，没有固定的模式，无拘无束，独具一种“无法”、“无我”之境。

她纵情于山水，她的山水画深得收藏家的喜爱；她与佛结缘，她画中的弥勒佛、她画中的观音菩萨栩栩如生。她淡泊宁静，不为名困、不为利扰，为追求绘画与自然的融合，任何功名利禄都阻挡不住她自由的脚步！她一直行走着、行走着，为了绘画她永远都在旅途！

静影沉璧水月禅意——刘天华

禅悦是内求于己，不倚赖外在的因素和条件。

——宗显法师

刘天华！他不是那位被誉为一代国乐宗师的刘天华。

但是，刘天华的艺术精魂却依附着他，让他在《烛影摇红》、在《良宵》、在《光明行》的意境中沉醉，让他性格中的恬静与激扬，在音乐中发挥得淋漓尽致。

他，就是刚在美国洛杉矶"美国国际电影节"上，荣获最佳作曲奖的音乐家，与一代国乐宗师同祖同名的刘天华！

刘天华！一位恬静激荡，独具水月禅意的当代音乐家！

一代国乐宗师刘天华的艺术精魂依附着他；一袭青衫手抱二胡行走在青石古巷中阿炳之灵气依附着，依附着这位二胡演奏家、作曲家刘天华行走在滚滚红尘之中！

刘天华、阿炳、刘天华，他们都诞生于江苏，江苏的湖光月影孕育了他们的才气与灵感，让他们在不同的年代，创造着各不相同的音乐传奇！

一代国乐宗师刘天华《烛影摇红》的清悠与靡丽，感染着今日的刘天华、影响着今日的刘天华，并且造就了今世刘天华音乐作品的清奇、瑰丽与独特的艺术魅力！他在影视剧《天仙配》、《刘天华》、《传奇》、《大脚马皇后》等音乐的创作中，彰显了他非凡的艺术魅力与独特的艺术风格！

他崇拜一代国乐宗师刘天华！

他喜欢在黑暗中用音乐触摸光明的阿炳，喜欢美妙永恒的《二泉映月》！

流水淙淙、静影沉璧，二泉美景，犹似一股清泉终年不息，在他的心田流淌，滋润、浸染着他的心灵。

他吟唱《二泉映月》、他用当年阿炳最喜爱的二胡演绎《二泉映月》！

他沉淀了自己，把心融入阿炳当年的心境，和着他无限的遐思，他拉开了一丝丝搓揉着音乐灵感的琴弓！

二胡声声，琴声中有当年阿炳的哀伤、委婉缠绵，琴声中有阿炳久远的倾诉；二胡声声，今人刘天华用音乐摒弃世俗的繁华与尘埃，用音乐触摸二泉月影，让心在水月禅意中沉醉！

琴弓，如同岁月中弯曲的背影，投射在琴者的心头；琴弦，在马尾弓丝丝缕缕的揉搓中，生出万般柔情、千种情思，却不知诉予何人倾听？

沉睡在湖光山色惠山东麓映山湖边畔的阿炳，依附着今人刘天华的二胡，发出犹似阿炳却超越阿炳的清越之声，再现古泉映月的美妙清奇！

《二泉映月》在今人刘天华的演奏中，如行云流水般的起伏连绵，给人以“叹人世之凄苦”，“独怆然而涕下”之感。深沉、质朴，感伤、苍劲，刚柔并济而动人心魄！

1998 年，在台北举办的刘天华二胡独奏音乐会上，他一曲《二泉映月》，令多少听琴者泪如雨下，惊叹震撼！因此，他应邀专门为活佛星云大师独奏，他用心演奏着《二泉映月》，一曲《二泉映月》令满怀慈悲的大师为之动容，大师静静地聆听完最后一个音节，为之感叹：“阿炳再世啊！”并奉送十万美金给刘天华与之结缘。

刘天华拜谢星云大师后，要求随星云大师去高雄佛光寺禅修数日。刘天华一踏入佛光寺门，便将十万美金另加一千美金捐赠给了佛光寺，以之供奉佛祖！

也许，是佛缘之深，刘天华的音乐里充满了无尽的禅意。

“撑着油纸伞，独自彷徨在悠长、悠长又寂寥的雨巷，我希望逢着一个丁香一样的结着愁怨的姑娘，她是有丁香一样的颜色、丁香一样的芬芳、丁香一样的忧愁 ……”这是有雨巷诗人之称的戴望舒的《雨巷》，而刘天华把喜爱的《雨巷》谱写成了歌曲，给人呈现出一个有如丁香一样结着忧愁，撑着油纸伞走在蒙蒙雨巷的绝色佳人，展示给人们的是一种唯美中蕴含着淡淡忧愁的意禅……

他在新出版的专辑《刘天华 20 年经典歌曲》中发表感言：“我将这二十多年来的部分创作歌曲，汇聚成辑，献给爱我的和我爱的亲朋好友……”一长串的名字，大概很少有一个音乐家会在专辑中如此真诚地深表感恩。但是，刘天华却用文字更是用心，铭记着这一长串曾经给予过自己帮助的人！这张专辑中，收录了他获得1995年全国MTV大奖赛金奖的作品《雨巷》、他创作的《兵哥哥，一路走好》、《儿女本色》、《父亲》，其中，还有反思南京大屠杀，祈求和平的《南京1937》、《左疼右疼》，有温柔缱绻的《南京女孩》等。

刘天华曾为宋祖英、于文华、谭晶、汤灿、韩磊、江涛等著名歌唱家写过歌，他所创作的音乐获得过无数次的奖项，但他却对我说：一个人的成功，背后有许多人在默默地为之付出。对帮助过自己的每一个人，我无时无刻不深怀感恩！

因此，他在接受"美国国际电影节"最佳作曲奖项时深深地鞠躬后说：感谢祖国，感谢数千年中国文化对我的浸润与熏陶！感谢喜欢我的音乐、关怀鼓励爱我的人！

刘天华的音乐创作，不仅吸取了中国民乐之精华，并且融入了西洋音乐的美学特征。用美国媒体及音乐评论家的话说：刘天华是一个极具音乐感觉，能够细腻地将音乐与画面完美融合、具有远大前途的中国作曲家！而刘天华在我的眼里，却是一个既具自然清净之禅意，又洋溢着浪漫与激情的音乐家、艺术家！他还是一个满怀佛意慈悲，并且能把佛学禅意融入音乐、融入人生的不同凡俗的音乐家！

美神天降歌满人间——李玉刚

感恩是一种美德，懂得感恩的心灵最美！

——宗显法师

沉鱼落雁、羞花闭月，来自远古、附丽着家国传说的四大绝色美女，依附着一位叫李玉刚的男子，从容地朝今世走来。

惊艳、唯美，在人民大会堂，绽放着千年的美丽，千年的传奇！

西施的清丽，昭君的华贵，貂蝉的娇媚，杨妃的雍容，穿越时空，在李玉刚的歌舞声中华美地绽放，惊世骇俗、绝对唯美！

“我是谁？我来自何处？”

李玉刚的道白牵引着观众，飞越时空，会晤远古红颜浣纱西施、出塞昭君、戏月貂蝉、醉酒杨妃……

你就是西施，你就是昭君，你就貂蝉，你就是杨贵妃！

你的绝美容颜、你的唯美歌喉、你的窈窕身姿，是上天的赐予，是上天对太平盛世的恩泽！

你就是李玉刚，一个身怀惊世才艺、心灵纯净、行为谦恭，承载着上天的赐福与使命，来泽润、净化俗世的男子，一个惊艳传奇的上天派来的美的使者！

《四美图》穿越千年，再现四大美女不同朝代不同地域不同命运的不同人生。

一位内心纯净、行为谦恭的男子，选择以美来再现千古美颜，是因为他心灵容积着对美的憧憬与向往，更是他的心灵浸润在大美之中，美已成为他的生活、他毕生的追求！

当他站在舞台上，频频向观众致意时，我们深深地感悟出李玉刚对观众的真诚与用心！他绝对有别于那些浮华的大小明星，因为他不是明星，他是神、是上天派来世间的美神！他给世间带来了美，他传递着惊世骇俗之大美，他却永远保留着永恒的感恩、谦恭与大爱！

也只有如此心灵的男子，才能绽放出绝世的华美！

李玉刚的真实真诚、李玉刚的唯美超凡脱俗，弥足珍贵！